Geschichte, so heißt es, erzählt, was der Erzähler will und ist - ebenso wie Geschichten - stets davon abhängig, wer wem berichtet und aus welchem Grund. Eine Gleichung mit mindestens drei Variablen allerdings, das sollte nie vergessen werden, besitzt ebenso viele Herausforderungen wie mögliche Lösungen.

Ausführliche Informationen über
den Verlag finden Sie auf unserer Website
www.das-wilde-dutzend.de

Umschlaggestaltung: Das wilde Dutzend unter Verwendung einer Illustration von Antje Drescher
Grafik & Layout: Katharina Weier und Das wilde Dutzend
Gesetzt aus der Baskerville Com und Tertius Romantic
Druck und Bindung: Westermann Druck Zwickau
ISBN: 978-3-9815252-0-5

INHALT

Angelika Klüssendorf

Von gelben Rüben, Branntwein und fünfundsiebzig Hasensprüngen

Illustrationen Sonja Puschmann

Es waren einmal zwei Brüder, die so unterschiedlich aussahen, dass niemand auf die Idee kam, sie könnten miteinander verwandt sein. Der eine war ein Hase, der andere ein Igel, beide waren ledig und im besten Mannesalter. Obwohl sich so unähnlich im Äußeren, waren sie doch in ihrem Innern auf wundersame Weise miteinander verbunden. Begann der eine laut zu fluchen, beendete der andere leise den Fluch, Krankheiten teilten sie sich grundsätzlich, verkündete der Igel Ohrenschmerzen, so griff sich der Hase sogleich an seine Löffel und stöhnte laut – es konnte sogar sein, dass seine Schmerzen die des Igels übertrafen.
Sie waren einander so nah, dass der Hase beim Erwachen mit der Pfote über seinen Kopf fuhr, weil er erwartete, ein zartes Sprießen bräunlicher Stacheln zu spüren. Nichts wünschte er sich sehnlicher.
Der Igel wiederum ging die Sache pragmatischer an, mit einer Pinzette rupfte er sich die Stacheln im Schulterbereich, doch statt des rötlichen Fells überzog sich seine Haut mit einem hässlichen Ausschlag.
Was sie nicht ausstehen konnten, waren gelbe Rüben, Branntwein und der Gedanke, dem einen könnte etwas zustoßen, ohne dass der andere auch nur etwas davon ahnte. Deshalb verließen sie selten getrennt das Haus und trafen stets Vorkehrungen, taten sie es dennoch. Blieb der Hase zu Hause, behielt er das Ende eines Fadens in der Hand, der Igel nahm

das andere Ende mit auf Reisen und zwischen ihnen blieb der fortlaufende Faden, der niemals riss, obwohl die Wege nicht immer eben waren. (Umgekehrt hielten sie es genauso, reiste der Hase, blieb der Igel zu Hause.)

Die Tage gingen ins Land. Die Brüder wurden älter. Des Igels Stacheln begannen sich zu färben, ähnelten den abgestorbenen Zweigen an den Bäumen. Das Fell seines Bruders hatte seinen rötlichen Glanz behalten. Doch der Igel verspürte eine Unruhe und Traurigkeit, schon frühmorgens, wenn er erwachte. Was ist nur mit mir los, dachte er, während der Hase dem Tagesgeschäft nachging, als wäre die Welt in Ordnung. Der Hase aber tat nur so, denn dass der Igel traurig war und er es nicht bemerkte, war für ihn nicht denkbar. Eines Tages hielt er es nicht mehr aus. Die sonst so glänzende Igelschnauze seines Bruders lag stumpf und zerknautscht auf einem Haufen alter Socken, das Lebensfunkeln in seinen Augen war erloschen.
„Was ist los mit dir", fragte er, „willst du nicht dein Leid mit mir teilen?"
„Ach, Bruder", antwortete der Igel, „mir ist so traurig zumute, ich glaube, mir fehlt ein Weib."
Der Hase war erschrocken. Niemals wäre er auf diese, für ihn so absonderliche Idee gekommen – sie hatten doch sich. Vielleicht war der Igel krank, sicher fehlten ihm Vitamine. Der Hase klapperte alle Märkte im Waldviertel ab, kaufte Äpfel und Birnen, erstand ein Körbchen voller Beeren, doch der Igel rührte nichts an. „Hab' keinen Hunger", sagte er mit trübem Blick, auch andere Speisen verschmähte er. Der Igel wurde immer weniger, schwand förmlich unter seinen Stacheln dahin.

Auch der Hase fand nun nachts keinen Schlaf mehr, das Fell büßte seinen Glanz ein, der Appetit ließ nach, stundenlang kaute er an einem Salatblatt. Der Hase wünschte sich so sehr, dass alles wieder wie früher sein möge, sie einander die innigsten Freunde, die Freud und Leid miteinander teilten, dass er schließlich eine Heirat für seinen Bruder in Betracht zog.
„Wie soll es denn aussehen, dein Weib?“, fragte er den Igel.
Der Igel horchte auf. „Oh“, sagte er mit einem kaum hörbaren Seufzer, „sie sollte auf jeden Fall Stacheln haben.“
Seit diesem Gespräch hellte sich die Stimmung des Igels auf. Er ging wieder spazieren, verbrachte Stunden vorm Spiegel, probierte neue Hosen an, polierte seine Stacheln. Ein Lächeln lag auf seinen Lippen, wenn er nun das Haus verließ und sich leicht tänzelnd auf Freiersfüßen in der Gegend umsah.

Es kam der Tag, wo die Hochzeit gehalten werden sollte. Der Igel hatte eine Igelin aus der Nachbarschaft gefreit, ein einfältiges, krummbeiniges Ding, wie der Hase fand, aber ihm sollte es recht sein. Der Igel würde schon sehen, wo er mit dieser Person hinkam, er würde vor Langeweile und Überdruss platzen und sich bald sein früheres Leben zurückwünschen. Der Hase hielt nicht viel von des Igels Weib, das sah ein Blinder, doch wollte er nicht bemerken, wie sehr der Igel beim Anblick seines Weibes aufblühte. Das Hochzeitskleid der Igelin bestand aus weißen Taubenfedern, die Brautkrone aus einem Kranz hellgrüner Froscheier. Meine Güte, dachte der Hase, wie ekelig. Der Igel jedoch fand seine Braut bezaubernd, charmant, betörend. „Sieht sie nicht aus wie eine Prinzessin?“, fragte er den Hasen, der diese Frage natürlich für einen Scherz unter Brüdern hielt.

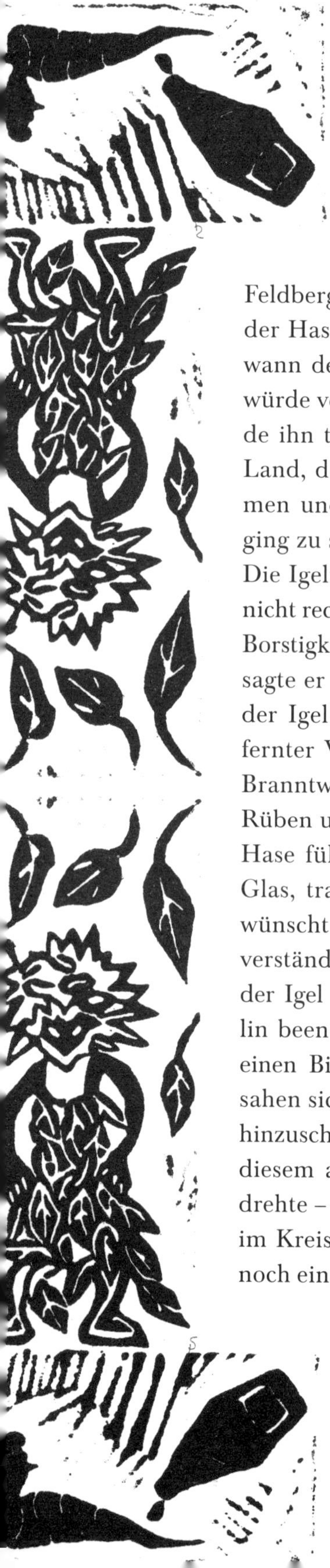

Nach der Hochzeit sah und hörte er nichts mehr vom Igel, der mit seinem Weib ein Häuschen am Feldberg bezogen hatte. Tage vergingen, noch mehr Tage, der Hase saß vor seinem Haus und wartete. Er fragte sich, wann der Igel ihn endlich besuchen käme, ihm berichten würde vom schrecklichen Leben mit dieser Person. Er würde ihn trösten, für ihn da sein. Doch die Tage gingen ins Land, der Likörkonsum des Hasen hatte überhandgenommen und der Igel kam nicht. Da machte er sich auf und ging zu seines Bruders Haus.

Die Igelin öffnete ihm die Tür, doch schien es, als wäre sie nicht recht erfreut über seinen Anblick. So eine impertinente Borstigkeit steht ihr nicht zu, dachte der Hase, vorerst aber sagte er nichts. Als er sich an den Küchentisch setzte, kam der Igel dazu und begrüßte ihn, als wäre er nur ein entfernter Verwandter. Die Igelin servierte gelbe Rüben und Branntwein, als hätten der Hase und der Igel nicht gerade Rüben und Branntwein immer besonders verabscheut. Der Hase fühlte seine Nasenspitze blass werden, er nahm ein Glas, trank es aus, „sei es drum“, sagte er zum Igel und wünschte sich so sehr, das sich alles als ein großes Missverständnis herausstellen würde. Doch weit gefehlt. Begann der Igel einen Satz, hielt er in der Mitte inne und die Igelin beendete den Satz mit ihren Worten. Nahm die Igelin einen Bissen zu sich, ließ sie den Igel vorher kosten. Sie sahen sich andauernd an, als gäbe es sonst nichts, wo es sich hinzuschauen lohnte. Der Hase trank mehrere Gläser von diesem abscheulichen Zeug, bis sich alles um ihn herum drehte – der Igel, die Igelin flogen durch die Luft, wirbelten im Kreis umher. „Sei es drum“, sagte der Hase und trank noch ein Glas. Zum Drehwurm in seinem Kopf gesellte sich ein großer Zorn. „Wie kannst du nur mit so einem krummbeinigen Ding deine Zeit verbringen“, sagte er und lachte laut. Der Igel sagte etwas, was er nicht verstand, doch es klang unverhohlen trotzig. So gab ein Wort das andere, eine wahre Schimpfkanonade entfachte sich zwischen den Brüdern. Der Igel machte sich über des Hasen lange Löffel lustig, der Hase über die krummen Beine seiner Frau. Beinahe hätten sie sich geprügelt, da mischte sich des Igels Weib ein und sprach von einer Wette. Sie sollten beide im Morgengrauen am langen Acker gegeneinander antreten und um die Wette laufen. Der Sieger würde einen Golddukaten erhalten. „Sei es drum“, sagte der Hase, trank noch ein Glas und segelte mit schiefen Schritten heimwärts.

Am nächsten Morgen standen sie nebeneinander am Feldrand, vor sich die Ackerfurchen. Der Hase war verkatert und hatte keine Lust, auch nur einen Fuß vor den andern zu setzen, es war doch gar nicht wichtig. Der Igel sollte nur einsehen, dass er an seine Seite gehörte und nicht so eine kümmerliche Existenz wie die Igelin. Doch kaum ertönte das Startsignal, marschierte sein Bruder los. Natürlich überholte ihn der Hase mit drei Sprüngen. Am Ende der Ackerfurche angekommen, stand jedoch die Igelin da und rief: „Ich bin schon da.“ Was für ein abgekartetes Spiel, dachte der Hase, doch er stellte sich blöd und lief die nächste Runde. Dreiundsiebzig lange Hasensprünge zählte er, bis er vorm Igel stand, der rief: „Ich bin schon da.“ Krummbeinig ist auch der Igel, dachte der Hase, nie war es ihm vorher aufgefallen. Diesmal waren es fünfundsiebzig Hasensprünge und er stand vor der Igelin, die ihm mit gespreiztem Stachelkleid entgegenrief: „Ich bin schon da!" Alberne Vorführung, dachte der Hase, für wie blöd halten die mich, ich sehe doch genau, dass es seine Alte ist, diese krummbeinige Schlampe! Doch er rannte weiter. Er zählte sechzig Läufe über die Ackerfurche, im Schnitt mit gut siebzig Sprüngen, mal stand der Igel, mal sein Weib am Ende der Furche, und als er über die letzte Ackerfurche taumelte, dachte er, dass dies doch alles einen höheren Sinn haben musste, der Igel wollte wahrscheinlich nur seine Freundschaft prüfen, ein allerletztes Mal, ehe er zu ihm zurückkehrte, und noch während er dies dachte, fiel er um und war tot.

The Secret Grimm Files - Akte 187

Leuk, Juli ~~XXXX~~

An unsere hochgeschätzten Verlagsleiterinnen,

anbei vertrauen wir Ihnen die benötigten Materialien aus dem Logenarchiv an, im Laufe der Jahrhunderte gesammelt unter Einsatz des Lebens vieler unserer Mitglieder. Diese werden unzweifelhaft ein neues Licht auf die Geschichtssammlung werfen, die der Allgemeinheit als die Märchen der Brüder Grimm bekannt sind. Wir freuen uns, dass Sie sich der Herausgabe dieser etwas anderen Kinder- und Hausmärchen annehmen. Anbei finden Sie ebenfalls eine Auflistung jener Schriftsteller und Künstler, von denen wir sicher sind, sie können Mythen wie Legenden durchdringen und uns helfen, neue Erkenntnisse zu gewinnen, haben wir sie doch schon eine Weile im Auge. Warum wir *Der Hase und der Igel*, obwohl nicht wie die anderen in der Erstausgabe von 1812 enthalten, dieser Sammlung voranstellen wollen, erschließt sich bereits aus den ersten Zeilen der Grimmschen Fassung:
»Disse Geschicht is lögenhaft to vertellen, Jungens, aver wahr is se doch, denn mien Grootvader, van den ick se hew, plegg jümmer, wenn he se mie vortüerde (mit Behaglichkeit vortrug), dabi to seggen "wahr mutt se doch sien, mien Söhn, anners kunn man se jo nich vertellen." De Geschicht hett sick aber so todragen.«[I)]

Halten Sie die Bemühungen der Gesellschaft um der Rätsel Lösungen hoch,
in diesem Sinne: Auf eine baldige Veröffentlichung.

<u>Anm. d. Hg.:</u>
I) RÖLLEKE, Heinz (Hg): *Kinder- und Hausmärchen gesammelt durch die Brüder Grimm*, Vollständige Ausgabe auf der Grundlage der dritten Auflage [1837], (inklusive der neuen Texte der 4. – 7. Auflage) , Frankfurt a.M.:Insel Verlag, 2004, S. 719

Brüder Grimm, die *im Logen-Venimecum*

Das Interesse an Märchen erwachte bei Jacob und Wilhelm bereits, als sie Volkslieder für *Des Knaben Wunderhorn* sammelten, das Clemens Brentano und Achim von Arnim 1806 herausgaben. Mit wissenschaftlicher Neugier machten sie sich in den Folgejahren daran Märchen zusammenzutragen, die sie sich erzählen ließen, in Auftrag gaben oder anderen Werken entnahmen. So harmonisch und so eng die beiden ihr Leben miteinander gestalteten, so unterschiedlich waren sie was die Ausrichtung ihres Schaffens betraf. Ging es dem strengeren Jacob v. a. um wissenschaftliche Treue und Wahrheit der Darstellung - er war auch der Kopf des Deutschen Wörterbuchs -, so tendierte Wilhelm stärker dazu, sich den Moden der Zeit anzuschließen. Aus der Bibliothek Friedrich Carl von Savignys, ihrem Jura-Professor, nahmen sie daher 1803 auch unterschiedliche Eindrücke mit: Während Jacob von den Bänden des Altertums und Mittelalters fasziniert war, schwärmte Wilhelm von Belletristik. Ihr alter Professor war es auch, der den Streit zwischen ihnen schlichten musste, als es um Werktreue versus Erzählhaltung und Glättung der Geschichten ging[I)].

Fabeltiere, die *im Logen-Venimecum*

Um Wahrheiten in Lügen gekleidet zu erzählen, nutzte bereits Luther die Form der Fabel, der belehrende Charakter kam dem Theologen sehr entgegen. Dass Tiere, Dinge oder Pflanzen an Menschen statt handeln u. sprechen dient den Autoren schon seit Urzeiten als Schild, hinter dem sie sich verschanzen können - sollten sie von den darin porträtierten/karikierten Personen oder wegen der in der Fabel verübten Kritik ins Visier geraten[II)].

Anm. d. Hg.:
I) Siehe: MARTUS, Steffen: *Die Brüder Grimm. Eine Biografie*, Zweite Auflage, Berlin: Rohwolt Berlin Verlag, 2010, vgl. S. 79 ff u. 187
und OELZE, Ruth: *Und wenn sie nicht gestorben sind ..., Anekdoten über die Gebrüder Grimm*, Erste Auflage, Berlin: Eulenspiegel Verlag, 209, S. 87
II) Siehe hierzu auch *Zweierlei Gold*

Thomas von Steinaecker

Bericht, gefunden in einem Kästchen, das sich im Bauch eines Bären befand

Illustrationen Lilli Gärtner

Die Orthografie des vorliegenden Dokuments wurde vom Herausgeber behutsam modernisiert.

darum beschlossen, auf dem letzten Bogen unsere Geschichte aufzuschreiben. Mein Name ist Otto, der meiner Schwester, die mir aufs Auge gleicht, Mathilde. Beide sind wir 19 Jahre. Unsere Mutter sagte, sie habe mir diesen Namen gegeben, weil ihn Könige trügen, so wie mein Vater einer sei. Meine Mutter wurde früher, so sagt sie, Rapunzel gerufen. Meine Schwester und ich mussten darüber sehr lachen, denn wie kann man nach einer Pflanze heißen? Damals, ich erinnere mich, rief ich: „Gras! Und ich heiße Gras!“, worauf meine Schwester einstimmte: „Und ich Halm! Ich bin Halm!“, und unsere Mutter verstummte und guckte bitter.

Wir leben zu dritt in einer Hütte. Die Hütte hat einen einzigen Raum, in einer Ecke ist die Feuerstelle, die uns nachts wärmt, in der anderen sind unsere Lager, auf denen wir schlafen. Vor der Hütte befindet sich unser Garten, gerade so groß, dass er uns drei ernährt. Das Wetter ist zwar meist garstig, aber nie ist es so kalt oder trocken, dass alles verdorren oder erfrieren müsste. Neben unserer Hütte ist gleich bei dem Scheißhaus der Stall mit unseren vier Ziegen, fünf Schweinen und den beiden Kühen. Abends sammle ich oder meine Schwester die Tiere ein; meist stehen sie zwischen dem Gestrüpp der Steppe, und wir brauchen nur zu pfeifen und sie kommen. Sie wissen, dass wir es

sind, die sie pflegen; dass sie, würden sie sich zu weit in die Steppe hinauswagen, bald verrecken würden. Die einzigen Lebewesen, die es hier in Fülle gibt, sind die Vögel und Mäuse, die auch jetzt, während ich diese Zeilen kritzele und draußen die Schatten länger werden, unter meinen Füßen über die Holzplanken rascheln. Mathilde ist geschickt darin, sich an die Sträucher anzuschleichen, mit einem Sprung ein, zwei Vögel zu packen und ihnen mit dem Daumen das Genick zu brechen. Viel Fleisch ist an solchen Tierchen freilich nicht dran; auch haben sie wohl gelernt, dass es besser ist, die Gegend um unsere Hütte zu meiden.
Einmal, vor Jahren war das, kratzte es an unserer Tür. Als unsere Mutter sie trotz unserer erschreckten Gesichter entschlossen aufriss, stand da ein Vierbeiner mit langem Fell und lächelte hechelnd. Unsere Mutter gab ihm den Namen „Hund". Nur Mathilde, die einen Nachmittag lang mit ihm spielte, wie sie mit mir nie zuvor gespielt hatte, heulte und warf sich aufs Lager, als unsere Mutter ihn schlachtete. Abends wollte die dumme Mathilde nichts von dem Festschmaus essen. Das Fell von „Hund" in meiner Jacke hält mich heute noch warm.

Es gab eine Zeit, da lagen wir nachts alle drei eng beisammen, rieben unsere nackten Füße aneinander und unsere Mutter erzählte uns Geschichten von ihrer Heimat. Wic grün und nicht braun das Gras dort sei; der Himmel so blau und nicht grau, vier Jahreszeiten und nicht nur eine wie hier; und wie viele Menschen es dort gebe, die in den Straßen der Dörfer und Städte lebten; und von einem Schloss erzählte sie, in dem unser Vater wohne, unser Vater, der eines Tages kommen werde, um uns zurückzuführen.

Aufgeregt flüsterten wir die fremden Wörter nach, „Frühling“, „Sommer“, „Stadt“, „Kirschen“, ließen sie uns auf der Zunge zergehen wie süße Beeren und träumten schön. Doch als wir jahraus, jahrein dieselben Geschichten gehört hatten, die unsere Mutter irgendwann auch tagsüber zu erzählen begann, ganz so, als handle es sich um die Wahrheit, wurde ich zornig und stritt mit ihr: dass sie dickes Haar habe, das gewiss auch bis zu den Zehen wachsen könne, ja, meinetwegen; wo aber denn dieses Land liegen solle, dass sie unsere Heimat nenne, warum wir dann nicht schon längst dorthin gegangen seien, wenn es wirklich existiere; und wo dieses Wesen sei, das sie „Fee“ nenne, warum es uns noch nie besucht habe, wenn es unsere Mutter früher nur für sich haben wollte, und vor allem: dass es hier ohne Bedeutung sei, dass wir „königlichen Blutes“ seien, wenn König zu sein heiße, dass das Land einem gehöre und alles, was kreucht und fleucht, einem Untertan sei. „Denn schau her, Mutter!“, rief ich damals. „Unser Königreich ist die Steppe und unsere Untertanen sind die Mäuse!“

Wenig später lief ich fort, weil ich an die Grenzen der Steppe, in unsere, in meine Heimat gelangen und unseren Vater holen wollte, zu dem mir sicherlich jeder den Weg hätte weisen können, war er doch der Herrscher. Wie hätte unsere Mutter gestrahlt, über Vater, über mich; wie hätte Mathilde, die ja immer noch, wenn sie sich unbeobachtet wähnt, zwischen den Dornbüschen regelmäßig zur „Fee“ spricht, sie um Hilfe bittet und darum, uns hier zu erlösen, in die Hände geklatscht und gelacht. Aber ich scheiterte. Als ich zurück zur Hütte humpelte, war meine Kehle von Durst ausgetrocknet, Mutter umarmte mich erst und schlug mich dann und Mathilde stand weinend in der Ecke und starrte mich an. Dass ich zu Vater wollte, wollte sie nicht hören und schluchzte immer nur, dass ich sie alleingelassen habe, wie ich sie nur alleinlassen habe können, ich, ihr Zwillingsbruder.

Bis vor zwei Jahren kam es vor, dass in einiger Entfernung zu unserer Hütte der Staub von etwas wirbelte, das meine Mutter „Karawane" nannte. Als zum ersten Mal die Wolken über den Dornbüschen hingen und Getrampel und Gewieher durch die Steppe hallte und Stimmen, dunkle Menschenstimmen, da konnte unsere Mutter kaum an sich halten vor Freude. Unser Vater sei nun endlich da und führe uns heim. Wir sollten in der Hütte bleiben, sie laufe der Gesandtschaft entgegen und gebe uns dann alsogleich ein Zeichen, wann wir ihr folgen könnten. Bis zum Abend warteten wir an jenem Tag. Und als endlich die Tür aufschwang, trug zwar, genau so, wie wir es uns auf unserem Lager wieder und wieder vorgesagt hatten, unsere Mutter Geschenke im Arm und Speisen! Decken!, aber kein Lächeln auf den Lippen, wie es ihr ab und zu bei unserem Anblick über den Mund huschte, sondern ein blaues, angeschwollenes linkes Auge im Gesicht. Zwar sprach sie nicht darüber, was geschehen war, doch meine Schwester und ich wussten wohl, dass es nicht unser Vater gewesen sein konnte, der da vorbei- und wieder fortgezogen war, weg von uns. Seitdem hatte uns unsere Mutter immer, wenn der Boden vom Trampeln von Hufen dumpf bebte, scharf angewiesen, auch ja in der Hütte zu bleiben für die nächsten Stunden, die sie bei der Karawane verbringe, um dann abends mit Speisen wiederzukehren. Dass es nicht seine Richtigkeit

damit haben konnte, merkten wir sofort, auch weil unsere Mutter stets gleich nach ihrer Rückkehr, wenn sie mit Sätzen wie „Und schaut nur, was ich euch mitgebracht habe! Dafür hat es sich doch gelohnt!" die Früchte und das Fleisch aufdeckte, nicht wagte, uns anzusehen.
Vor mir aber konnte sie nicht geheim halten, was sie bei den bis zum Kopf in weißes Tuch eingeschlagenen Männern auf dem Rücken der großen, schnaubenden Tiere mit den beiden Höckern, deren Namen ich nicht kenne, zu schaffen hatte. Einmal schlich ich ihr nach und schärfte Mathilde noch ein, mir auch ja nicht zu folgen und die Tür verschlossen zu halten, sonst würde ich sie beißen. Hinter einem Strauch hielt ich mich verborgen, als meine Mutter gerade einem der Männer um das Kinn strich und mit ihm verhandelte, während die anderen um sie herumstanden; als der Mann meiner Mutter zwischen die Beine griff, sie zu Boden warf und sich auf sie legte; als er laut stöhnte, die Runde der Männer lachte und meine Mutter, deren Körper von den Bewegungen des Mannes vor und zurück gerissen wurde, stumm blieb. Ich weiß nicht, ob meine Mutter wirklich nicht merkte, dass ich ihr dann auch die drei, vier Male nachging, nachdem sich ihr Bauch Monat um Monat ein wenig gewölbt hatte und sie sich nachts vom Lager zu einer Grube weit draußen

in der Steppe weggeschlichen hatte, wo sie sich gegen Steine warf, bis sie niedersank und brüllend etwas aus sich herauspresste. Danach war sie tagelang stumm und verließ das Lager nicht, und Mathilde weinte, weil sie Angst hatte, unsere Mutter könnte sterben. Irgendwann zogen keine Karawanen mehr durch die Steppe und es gab keine üppigen Festmahlzeiten mehr. Darüber war ich sehr froh.

Vor einiger Zeit, als Mathilde und ich wie so oft im Teich badeten, tat ich etwas, das ich gerne ungeschehen machen würde. Ich schwamm zu Mathilde, sie dachte, ich wollte Haschmich spielen, und versuchte, mir zu entkommen, was mich nur noch mehr erhitzte – am Ende lag ich auf ihr und tat dasselbe, was unsere Tiere im Stall und was damals die Männer auf unserer Mutter taten, nur dass Mathilde vor Glück gluckste und mich bat, nicht aufzuhören. Und wie bei meiner Mutter damals spannte sich später Monat um Monat ihr sonst so ausgezehrter Bauch mehr. Unsere Mutter hat nichts gesagt, sie ist noch maulfauler als sonst, aber es kann ihr nicht entgangen sein. Mathilde indes ist so fröhlich, wie ich sie noch nie gesehen habe, und flüstert mir zu, wie sehr sie sich freue, dass wir bald zu viert seien. Ich aber weiß, was ein Vierter in unserer Hütte bedeutet. Ich weiß, wie alt unsere mageren Ziegen sind; dass unsere Kühe immer weniger Milch geben, weil sie seit Jahren weiter laufen müssen, um Gras und Blätter zu finden; dass unsere Schweine schon zu lange nicht mehr geworfen haben. Zum ersten Mal, seit ich Mutters Geschichte gehört habe, habe ich neulich, als ich allein beim Holzsammeln war, zur „Fee" gesprochen: Wenn sie so mächtig sei und uns vor 19 Jahren in die Steppe verbannte, dann möge sie

uns doch jetzt wieder zurückholen, bitte, sie dürfe auch das Kleine, das Mathilde trägt, behalten. Doch es raschelten nur die Äste der Büsche und meckerten die Ziegen.
Ich kann kaum noch lesen, was ich schreibe, so dunkel ist es. Morgen werde ich fortgehen. Ans Ende der Steppe. Wo die Himmel blau sind und wo auf den Winter der Frühling folgt. Zu unserem Vater. Denn ich gebe zu: Oft habe ich von seinem Reich geträumt. Von meiner Heimat. Ich ...

Hier bricht das Manuskript ab.

KNACKS

... und so durchmaßen jene Handelswege ferne und bekannte Länder. Heutzutage geläufige Bezeichnungen wie die Seiden-, Salz-, Bernstein- oder Weihrauchstraße beziehen sich auf die wichtigsten Güter, die dort transportiert wurden. Gewürze (wie Pfeffer, Zimt oder Safran) spielten eine große Rolle als Konservierungsstoffe, zu medizinischen Zwecken aber auch für so manchen Trank, der nicht selten mehr versprach als er hielt. Händler und Wandernde schlossen sich zum Schutz vor Überfällen zu Gruppen zusammen, Sagen und Erzählungen aus der Heimat, Gehörtes und Erinnertes stets im Gepäck. Besonders an den Knotenpunkten des Straßennetzes waren Tauschgeschäfte nicht unüblich. Waren, die normalerweise mit Gold aufgewogen wurden, wechselten gegen Naturalien ihren Besitzer. Den Preis bestimmte dabei oft die Not.

Aus: Croceus, C.: "Seiden, Raupen und Salz - historische Handelswege und ihre gesellschaftlichen Konsequenzen", Mainz, unveröffentlichtes Manuskript im Besitz des wilden Dutzends, S. 17

Rapunzel, der/die *im Logen-Venimecum*

Pflanzenart, womöglich: 1) Die Teufelskralle, gilt in der Naturmedizin als entzündungshemmend, Unterart der Glockenblumen, siehe: 2) Die Rapunzel-Glockenblume deren Rosettenblätter als wohlschmeckender Salat und deren Wurzeln als Gemüse Verwendung finden. 3) Der als Nüssli oder Sonnenwirbel bezeichnete Feldsalat. Der in seinem botanischen Namen Valerianella steckende Vorname Valeria bedeutet etwa "die Gesunde" oder "Starke". 4) Der Rauke- oder Rucolasalat, laut vieler Quellen in keinem Bezug zu Rapunzel, wurde im MA. als Potenzmittel genutzt. Ähnlich wie: 5) Die Petersilie, vermutlich Namensgeberin der *Petrosinella* aus der posthum Anf. d. 17. Jhs veröffentlichten Märchensammlung Giambattista Basiles[1] und damit Vorläuferin des deutschen Rapunzels. Laut altem Volksglauben ein "gefährliches Kraut" für Schwangere, da a) in hohem Maße genossen abtreibend wirkend und b) leicht mit der stark giftigen Hundspetersilie (Beiname Gartenschierling) zu verwechseln. Unbestätigt indes ist die Verbindung zu mittelalterlichen Bordellen, die gehäuft in Straßen zu finden waren, die auf die Petersilie hinwiesen.

Anm. d. Hg.:
1) Siehe auch *Am Wege* und *Mit vollkommener Klarheit*

Ulrike Draesner

Mit vollkommener Klarheit

Illustrationen Dorothea Huber

Die Locken unter einem Hut verborgen, ein Tuch gegen den kalten Wind um den Nacken, ritt er, obwohl er wusste, dass der Weg nicht ungefährlich war, Tag um Tag mit Brot und Wein durch den Wald, um arme Menschen auf der anderen Seite der Stadt zu besuchen. Bei den Beschenkten hieß er „das Rotkäppchen“, weil man seinen zinnoberroten Hut von Weitem sah, und „das“, da er neutral war wie ein Engel. Männer und Frauen verstand er, Alte und Kinder. Rotkäppchen kam immer durch.

Eines Morgens freilich sah die alte Frau, die Käppchen auf seiner Runde als Letzte versorgte, anders aus als sonst. Sie lag im Bett, machte Augen, so groß, als hätte sie Tollkirschen gegessen, und groß waren auch ihre Zähne, als sie lachte. Vielleicht hatte sie noch nie gelacht für ihn, jetzt tat sie es, sprang mit einem Satz aus dem Bett und wollte ihn fressen. Er erschrak, ließ den wie immer von seiner Gattin gerichteten Korb mit den Speisen und dem wertvollen Geschirr fallen. Rotkäppchen zuckte sehr und schnappte nach Luft und plötzlich hatte jemand ein Einsehen und die Geschichte ging anders weiter, als zu erwarten war.

Ja, es ist der Wolf. Er sieht zum Lachen und Erbarmen aus in seiner Verkleidung als Mütterchen, nimmt sein weißes Käppchen ab und sagt brav seinen Namen. Er ist stark und eifrig, aber seine Haare zittern und die Augenbrauen sind wirbelig blond. Es ist ein geschmeidiger Wolf, der jetzt ordentlich auf allen vieren geht, kleiner als Rotkäppchen, es erreicht und sich anschmiegt, obwohl er verdammt nach Wolf riecht.

Und Käppchen?

Hat für einen Augenblick seinen Verstand beisammen, anders als in den Geschichten, die Mutter und Vater erzählen, nein, für dieses eine Mal hat es Körper und Herz auf dem rechten Fleck – es setzt sich zu der Wölfin auf den Boden und umarmt sie.

Oh weiches Wolfsfell. Oh sanfte Wolfszunge Unendlicher Wolfsblick. Da sitzt Rotkäppchen, seine feine Kleidung ist ihm egal, und Wolf beginnt, langsam, Pfote um Pfote, Rotkäppchen auf den Schoß zu klettern. Nun zittern beide, denn das ist in der Geschichte zwischen Mensch und Tier noch nie geschehen, und die feste, schwere Wölfin, eine ausgewachsene Wölfin, die sehr wohl weiß, was sie riskiert, setzt sich auf Käppchens Schoß, obwohl sie dort kaum Platz hat, und lehnt ihren langen Rücken an seine Brust. Die zwielichtigen schwarzgrauen Augen blitzen, wie nur Tieraugen blitzen können, die Augen eines Raubtieres, das flach atmet und einsaugt, was geschieht. Mit vollkommener Klarheit sieht sie den Wald, die winzigen Blütenstände der Moosflecken, die weit geöffneten Schuppen der Zapfen, die grünblauen, grauen und braunen, glatten und borkigen Stämme der Bäume. Ihre dunkel glänzende Nase, deren Nüstern geschnitten sind wie ein feines S, zuckt ohne Unterlass. Und welcher Mensch wüsste, was sie riecht.

Rotkäppchens Lider sind geschlossen. Wie es ihm geht? Es sitzt ganz still und ist kein Käppchen und kein

Knäbchen mehr, sondern bei sich, ohne Gedanken, ohne Verwirrung, ohne Aber und Wenn.

Den Jäger gibt es nichtsdestotrotz.

Nichts-desto-trotz.

Er wird durch den Wald streifen, auf die Moose treten, Rotkäppchens Wallach stehen sehen; vielleicht riecht er den Braten auch. Büchse und Schere, die sanftere und die andere Methode, hat er dabei.

Rotkäppchen kam wohlbehalten zurück, saß abends bei Frau und Kindern, aß, trank, lachte, die Monate vergingen. Nachts schlief es neben seiner Frau im weichen Bett, und wachte es auf, hatte es von der Wölfin geträumt. Immer, wenn Rotkäppchen aus dem Schlaf fuhr, streifte sie durch die Straßen seiner Stadt. Auch ihr war es gelungen, die Begegnung erfolgreich zu verheimlichen, ja, ihre Schlüsse daraus zu ziehen. Ihre Jungen von diesem Jahr waren groß, sie hatte Zeit. Das Märchen Rotkäppchen kannte sie selbstverständlich, es wurde seit Langem auch unter Wölfen erzählt. Sein Ende war immer lächerlich.

Sie streicht durch seine Straße. Sie wartet auf ihn. Hofft, dass er ihre Zitzen sieht, denkt an Rom, aber er ist kein Säugling mehr. Da sitzt sie, an die Wand seines Hauses gedrückt, versteckt vorm Schein der Laternen, und fragt sich, wie der Augenblick ist. Komisch? Leer und voll, übervoll. Sie hält ihn kaum aus. Was aus ihresgleichen geworden ist, weiß sie sehr wohl: Wer es vor Tausenden von Jahren mit einem Menschen versuchte, rennt nun als Hund herum. Ihren Körper spürt sie überall: dicker an Hals und Kopf als bei einem Hund, breiter, schneller. Sie ist wach, ihre Ohren spielen von selbst, man könnte sie für

Regungen des Windes halten, sie folgen ihm und seinen Richtungen. Es gibt verschiedene Jäger, Kutschenjäger, Polizistenjäger, Gewehrjäger. Am Stadtbach bricht eine Großmutter in Gezeter aus, nur weil sie die Wölfin sieht. Die Gefahr ist nicht jetzt, sondern später. Sie spürt, wie der Mond an ihrem Blut zieht und heult. Der Laut bricht ihr aus der Kehle, sodass Rotkäppchen in seinem Bett halb in Ohnmacht fällt oder wenigstens sein Gedächtnis tilgt.

Die Lösung fand sie ein paar Wochen später vielleicht gab der Menschengeruch selbst sie ihr ein. Auch ihre Jungen streunten inzwischen durch das Städtchen. Man musste schnell sein, doch ein Schlossgarten und Hinterhöfe voller Nahrung im Überfluss entschädigten für die Gefahr. Sie, grau, schwarz und klein, eine zierliche Wölfin, duckte sich nun auch bereits abends, ja, sogar am späten Nachmittag gegen Rotkäppchens Hauswand und hörte, wie er seinen Kindern von Rotkäppchen erzählte. Sie verstand, dass er sich in der Erzählung versteckte, deswegen hatte er aus ihr einen Rüden in Großmutters Bett gemacht, aus ihrem Heulen einen Gewehrschuss, aus der Liebe das Schlitzen des Bauches. Seit sie das Märchen kannte, wunderte sie sich, dass es nicht davon berichtete, wie der Wolf umkam, dass er nur wie ein Geist verschwand – er war die Lücke, aus der nun sie spazierte. Im Märchen aßen schlussendlich nur Menschen, Kuchen und Wein stopften sie in sich hinein, fern vom Wolf. So waren sie friedlich, so gingen sie auf geraden Wegen. Und doch sah man, wenn Rotkäppchen den Blick hob – und Rotkäppchen hob immer den Blick zum Fenster, wenn es seine Frau, nachdem das Märchen zu Ende war, wieder mit den Kinderkäppchen über die braven Wege sprechen ließ –,

ja, dann sah man die bernsteinfunkelnden Sprengsel in
Rotkäppchens Augen.
Ihr Geschenk.
Wölfisch
blitzte
sie ihm
aus
dem
Gesicht.

The Secret Grimm Files - Akte 26

Rot, das *im Logen-Venimecum*

Traditionelle Farbe des Lebens, der Freude, Wärme, Liebe und Leidenschaft, aber auch des verzehrenden Feuers, wurde sie im Laufe der Geschichte sexualisiert u. dämonisiert. Was v. a. jener geringe Prozentsatz der Bevölkerung zu spüren bekam und noch bekommt, der rothaarig ist. So gilt es zwar als bewiesen, dass Rothaarige nicht mehr als Menschen mit anderen Haarfarben unter der Hexenverfolgung[I] zu leiden hatten. Doch unsere bisherigen Auswertungen haben ergeben, dass zumindest die in der bildenden Kunst dargestellten "Hexen" vermehrt ebenjene Haarfarbe aufweisen.

Handschriftliche Notiz, der Akte beigelegt:

Bei Charles Perrault[II] noch vom "bösen Wolf" gefressen, gilt der Jäger als Helferfigur des Rotkäppchens als eine Erfindung von Ludwig Tieck. In seinem eher humorvollen (und kaum beachteten) Drama zwar alles andere als naiv dargestellt, verliert Rotkäppchen auch hier - ebenso wie bei Perrault - ihr Leben. Erst J&WG verhalfen dem - nun wieder unschuldigen - Mädchen zu einem vermutlich dem Märchen *Der Wolf und die sieben Geißlein* entlehnten Happy-End: Der Jägersmann rettet sie und ihre Großmutter aus dem dunklen Bauch des Biests. Doch damit nicht genug, folgt ein zweiter Teil, eine Fortsetzung der Ursprungsgeschichte - oder vielleicht besser eine verlängerte Moral: Das gerettete Rotkäppchen trifft erneut auf einen Wolf. Als dieser (Wölfe scheinen nicht sehr lernfähig) es mit der gleichen Masche wie der erste versucht, muss er erkennen, dass sein Opfer in spe inzwischen weiß, wie der Hase läuft. Möglicherweise war dieser Zusatz eine Art literarische Verbeugung vor Marie Hassenpflug, wie ihre Schwester Johanna "Märchenlieferantin" der Brüder Grimm. Die hugenottischen Wurzeln der Schwestern dürften dabei keine unwesentliche Rolle gespielt haben. Ihre Französischkenntnisse ermöglichten ihnen den Zugriff auf die Märchen, die mit Charles Perrault bereits Ende des 17. Jh.s den Weg in die Salons und Bibliotheken Frankreichs geschafft hatten. Perraults *Le Petit Chaperon rouge* allerdings scheinen die Schwestern als nicht sehr gelungen empfunden zu haben, wie die frühe Fanfiction beweist. Ob jene Marie auch das Vorbild für den Kunstgriff, bzw. die Kunstfigur der "alten Marie" war, die lange Zeit als J&WGs volksnahe Urquelle vieler Märchen galt, konnte bislang nicht bewiesen werden.

Anm. d. Hg.:
I) siehe auch *Wer kann für böse Träume*
II) gemeint ist das später im Text erwähnte *Le Petit Chaperon rouge*, das erste Mal erschienen 1697 in *Histoires ou contes du temps passé, avec des moralités*

Undatierter Brief, "Betr.: C. Lupus"

Liebe Freundin,
gerne vergleiche ich unsere speziellen Archivunterlagen mit Ihren historischen Dokumenten und halte mich, wie gebeten, selbst mit Spekulationen nicht zurück.
Das Raubtier Ihres Interesses war entgegen landläufiger Meinung ursprünglich wegen seiner Kühnheit und Kraft positiv bewertet. Historisch verbriefte Nachweise über die Liebesgöttinnen Lada oder Lupa sind unauffindbar. Die scheinbar ungezügelte animalische Gewalt des Räubers, der sich nimmt, nach was ihm gelüstet, löste jedoch zunehmend abergläubische Reaktionen und Verteufelung aus. So finden sich gleich mehrere Sagen, die womöglich den Beginn des Werwolf-Mythos markieren: Dank eines magischen Hilfsmittels verwandelt sich ein Menschenkind darin zum Wolf. Vorausgesetzt, es aß während dieser Zeit kein Menschenfleisch - verfiel also nicht den animalischen Trieben - gelang ihm nach einiger Zeit unbeschadet die Rückverwandlung.
Ebenfalls scheiden sich noch immer die Geister, ob die Worte "vulpes" (meist Fuchsarten bezeichnend) und "Wolf" verwandt sind. Zu bejahen scheint diese Theorie der Volksspruch "Auch klingen ihre Stimmen nicht gleich, so gehören Wolf und Fuchs doch zu einer Familie."
Mehr noch als der Hühnerdieb war der Wolf Ziel verbissener Jagd, besonders während des Dreißigjährigen Krieges. Doch manche der Tiere entkamen der Verfolgung auf wundersame Weise. So haben wir Hinweise auf eine Gruppe von Wanderdarstellern, die mit drei gezähmten Wölfen Furore machte. Nicht nur die Tiere, auch die Schausteller selbst waren außergewöhnlich: Sie waren fast alle weiblich. Ebenso wie andere "Reisende" wurden sie oftmals zum baldigen Weiterziehen gezwungen, aufgrund vermutlich jener Vorurteile, die der vagierenden Bevölkerung allgemein entgegengebracht wurden. Bezeichnungen wie "Beutelschneider" (zur bildlichen Darstellung siehe beigelegten Kommentar) oder "Riemenstecher" sprechen für sich. Dagegen sind die Worte des Wandervolkes heute kaum mehr bekannt (Wussten Sie beispielsweise, dass eines davon "lupnipen" so viel wie Leidenschaft/Lust bedeutete?).
Ich hoffe, ich konnte weiterhelfen und freue mich auf weitere Korrespondenz,

gez.: L

Beilage des undatierten Briefes:

... ebenso unklar wie sein tatsächlicher Name bleiben viele seiner Bilder, er selbst hinterließ keinerlei Deutungshilfen. Weshalb Betrachter seiner Werke stets ebenso auf andere Quellen wie auf die eigene Intuition angewiesen sind.
Sein Bild "Der Gaukler" beispielsweise gilt als verschollen, wenn auch in Kopie in Bayern zu besichtigen. Darauf wird entgegen der damals vorherrschenden Meinung nicht der titelgebende Mann als wortwörtlicher "Beutelschneider" dargestellt, sondern eine Person der umstehenden Gruppe. Ob die beiden als Gespann arbeiten, sei dahingestellt. Während etliche Interpretationen von einer bildhaften Gesellschaftskritik ausgehen, glaubt Professor Apis[I)] das eigentliche Geheimnis in einer von der Forschung bisher vernachlässigten Figur zu entdecken. Wobei die Bezeichnung "Figur" fehlleitend ist, denn von dem faszinierten Zuschauer ist einzig der Kopf zu sehen. Apis geht jedoch davon aus, dass Bosch[II)] hier einen ihm bekannten, real existierenden Menschen wiedergegeben hat. Bei genauerem Hinsehen fällt die - für uns womöglich interessante - Haarfarbe auf. Ein weiteres Rätsel, das uns dieser geheimnisvolle Künstler aufgibt. Stets sind wir uneins, ob wir ihm oder seiner Gemahlin so manches Schriftstück unserer Sammlung zu verdanken haben ...

Anm. d. Hg.:
I) Vermutlich ein Pseudonym, hinter dem sich ein Mitglied der Loge des wilden Dutzends verbirgt
II) Gemeint ist der niederländische Maler Hiëronymus (auch Jheronimus) Bosch (bzw. Jeroen van Aken), siehe hierzu auch die Akte 211 der The Secret Grimm Files zu *Zweierlei Gold*

Michael Stavarič

Hinter dem Licht

Illustrationen Katrin Salentin

Es lebte einmal eine Frau, die tatsächlich zwölf Kinder hatte, immerzu musste sie schuften, damit sie irgendwie durch den Winter kamen, es war alles andere als ein Leichtes. Ihr Mann, ein Tunichtgut und Taugenichts, interessierte sich ausschließlich fürs Glücksspiel, ein Tor war der, selbst die Nachbarn und Verwandten hielten ihn für keine große Leuchte. Als schließlich das dreizehnte Kind unterwegs war, wusste sich die Frau nicht mehr anders zu helfen, sie musste jemanden finden, einen ordentlichen Gevatter und Paten, der sich des Kindes annahm, der diesem unter die Arme griff (sie selbst fühlte sich dazu nicht mehr in der Lage), sonst würde es mit ihm (und ihnen allen) wohl ein böses Ende nehmen.

Gedacht, getan ... Sie bat den Nächstbesten, der ihr unterkam, einen gütig wirkenden Mann, der sie daraufhin aufmerksam betrachtete. „Du leidgeprüfte Frau", meinte er, „gerne werde ich Pate deines Kindes werden und es glücklich machen auf Erden." Die Frau wollte natürlich wissen, wer er denn sei, dass er dieses in einem solch überzeugten Brustton garantieren könne, und jener erwiderte: „Ich bin doch der liebe Gott." Die Frau überlegte kurz, nun ja, die meisten „mächtigen" Männer ihrer Zeit dachten von sich, sie seien der liebe Gott, mochte sein, dass dieser eine tatsächlich recht damit hatte, jedoch ... Sie hielt inne und antwortete schlussendlich: „Nein, dann will ich dich nicht zum Paten ... Schau dir doch die Welt an, du glaubst vielleicht von dir, du würdest ausschließlich Gutes tun, doch sehe ich so viel Not und Leid. Warum aber? Du bist mir einer, der sich von sich selbst längst abgewandt hat, auf einem Auge blind und insgeheim erfreut, wenn alle nach deiner Pfeife tanzen."

Die Frau schritt weiter und schon bald kam ihr ein elegant gekleideter Herr entgegen, er trug allerfeinste Robe und sprach sie von ganz alleine an: „Werte Frau, wollen Sie vielleicht mich zum Paten Ihres Kindes wählen? Ich werde dafür Sorge tragen, dass es reich und mächtig wird, an gar nichts soll es ihm je im Leben mangeln." Die Frau blickte erstaunt und fragte: „Wer sind Sie denn, werter Herr, dass Sie so etwas versprechen können?" Der Mann antwortete: „Ich bin der Leibhaftige, wer denn sonst, doch keine Bange, ich steh zu meinem Wort." Die Frau überlegte lange und antwortete schließlich: „Sie gefallen sich doch seit jeher in Ihrer Willkür, die wir Macht zu nennen haben, Sie wollen tatsächlich behaupten, das Schicksal eines Menschen interessiere Sie? Sie haben doch seit jeher nur Augen für sich selbst. Mein Kind soll niemals so enden."

Die Frau machte sich von dannen und schon bald tauchte ein weiterer Mann auf, der so dünn und sehnig war, dass man jeden seiner Knochen mit bloßem Auge wahrnehmen konnte. Er trug ärmliche Kleidung und meinte leise: „Nimm doch mich zum Paten." „Und wer bist du?", wollte die Frau wissen. „Ich bin nur der Tod", antwortete der Mann. „Ich bin jener Tod, vor dem alle Sterblichen gleich sind. Ich werd für dein Kind sorgen, wenn du es wünschst." Die Frau überlegte und wusste insgeheim, auf den Tod war schließlich Verlass, der war völlig frei von Eitelkeit und Machtstreben. „Am Sonntag ist die Taufe, lieber Tod, und ich bin dir unendlich dankbar, wenn du kommst und mein Kind auf seinem Lebensweg begleitest." Und der Tod erschien am Sonntag, pünktlich wie vereinbart, er hatte sogar den alten Umhang gewaschen und machte seine Sache als Pate überaus ordentlich.

Der Knabe wuchs alsdann in der Obhut des Todes auf, er wurde nie krank und die meisten Menschen wunderten sich über seine – in diesen Zeiten nun wirklich nicht übliche – Konstitution. „Werde doch Arzt", meinten sie. Und dem Knaben, der langsam zu einem jungen Mann heranreifte, gefiel dieser Vorschlag, er studierte und wurde tatsächlich ein belesener Doktor. Noch bevor er aber der Menschheit seine Dienste anbot, besuchte ihn sein Gevatter, der Tod, der ihm sein längst überfälliges Patengeschenk zu machen gedachte. „Hör mir gut zu", sagte dieser schließlich, „ich mache einen weltberühmten Arzt aus dir. Wenn du zu einem Kranken gerufen wirst, so achte einfach auf mich. Steh ich am Kopfende des Bettes, so kannst du dir dessen sicher sein, dass der Kranke gesunden kann; du gibst ihm von diesem Kraut hier" – er reichte ihm einen großen Beutel –, „und schon wird er genesen. Steh ich aber am Fußende des Bettes, so ist das Menschlein mein und du kannst behaupten, dass hier alle Hilfe zu spät kommt, niemand auf der Welt könne diesen Kranken noch retten. Doch warne ich dich, beachte meine Regeln und untersteh dich, das Kraut jemandem zu reichen, der es nicht verdient."

Es dauerte tatsächlich nicht lange, bis der junge Mann als größter, gelehrtester und auch wohlhabendster Doktor weit und breit galt, der in seiner Diagnose niemals falsch lag,

der unzählige Menschen zu heilen vermochte und der das Leid der Sterbenskranken zu verkürzen schien, denn sie verschieden in der Regel, kaum dass er durch die Tür war.

Eines Tages erkrankte ein großer König und der Arzt wurde gerufen, um dessen Leben zu retten, inständig und aufrichtig baten sie ihn, allen voran seine schöne und liebliche Tochter. Der Arzt eilte ans Bett und erblickte den Tod, er stand am Fußende des Bettes, reglos und ruhig, wie es eben seine Art war. „Hm, wenn ich ihn doch nur einmal überlisten könnte“, dachte sich der Arzt, der sich unsterblich in die schöne Königstochter verliebt hatte. „Sicher, er wird es mir übel nehmen, doch da ich sein Patenkind bin, wird er schon ein Auge zudrücken können.“

Also stellt sich unser Arzt ans Kopfende des Bettes, tupft dem König beiläufig den Schweiß von der Stirn und deutet unmerklich dem Tod, er solle doch kurz zu ihm kommen, er müsse ihm etwas Wichtiges mitteilen. Der Tod, höflich, wie er nun mal ist, geht zu ihm hin, will wissen, was denn los sei, da zückt der Arzt schon sein Kraut und verabreicht es dem König, schließlich und endlich steht der Tod nun neben ihm, am Kopfende des Bettes. Der König erholt sich merklich, der Tod allerdings macht ein finsteres Gesicht, er droht dem Arzt und sagt: „Da hast du mich aber ganz schön hinters Licht geführt, doch werd ich diesmal Nachsicht üben, weil du mein Patenkind bist. Allerdings, wag es noch einmal und es geht dir an den Kragen!“

Einige Wochen später wurde der Arzt erneut an den Königshof gerufen. Der König erwartete ihn höchstpersönlich, begrüßte ihn wie einen alten Freund und beklagte die plötzliche Erkrankung seiner Tochter. „Sie ist doch mein einziges Kind, ihren Tod ertrag ich nicht, ich bitte dich inständig, heile sie und sie soll deine Frau werden, mein ganzes Königreich soll euch gehören.“
Der Arzt eilt zum Bett der Königstochter, dort liegt sie, blass und fiebrig, der Tod steht am Fußende des Bettes, mit funkelnden und pechschwarzen Augen. Der Arzt überlegt nur kurz: „Diesmal muss ich es anders angehen.“ Also packt er entschlossen die Königstochter, hebt sie hoch und dreht sie einfach um ... Schon findet sich der Tod an ihrem Kopf wieder, das Kraut wird verabreicht, ihre Wangen erröten und die Genesung stellt sich ein.

Der Tod, erneut betrogen, krallt sich wütend den Arzt. „Nun ist es aus mit dir, ich habe dich doch gewarnt“, schreit er und schon sind sie dahin, treten im nächsten Augenblick sachte durch eine riesige Tür in eine eisige unterirdische Höhle, in der Tausende und Abertausende Lichter brennen. Einige

lodern hoch, andere sind nahezu abgebrannt, es gibt Lichter in allen Größen und Formen. Jeden Augenblick verlöschen einige und andere entzünden sich (wie von Zauberhand), „so ist es also“, denkt sich der Arzt, „das hier ist das Geheimnis allen Lebens“. „Du hast völlig recht“, sagt der Tod, „das hier sind die Lebenslichter von euch Menschen.“
„Zeige mir mein Lebenslicht“, sagt der Arzt und der Tod deutet auf ein kleines Lichtlein, direkt vor ihnen, das gerade dabei ist, für immer zu verlöschen.

Der Arzt weiß, ihm bleiben nur noch wenige Augenblicke, verzweifelt packt er den Knauf der großen Tür und öffnet diese, sperrangelweit steht sie nun offen. Und siehe da, wie aus dem Nichts setzt ein starker Luftzug ein, es zieht und bläst und im Nu sind Tausende und Abertausende Lichter erloschen; nur wenige bleiben verschont und auch dort, wo der Tod steht, in dessen Windschatten, dort brennen noch etliche Lebenslichter; das des Arztes, des Königs, seiner Tochter und auch vieler Untertanen.
„Siehst du“, sprudelt es aus dem Arzt hervor (nahezu in Windeseile), „durch unsere Unachtsamkeit sind nun viel zu viele verstorben, die noch nicht hätten sterben dürfen ... Willst du tatsächlich an einem solchen Tag noch weitere Leben einfordern?“

Der Tod überlegt, er überlegt lange und mustert den Arzt, er betrachtet die Höhle und kommt nicht umhin, der Logik des Arztes zu folgen. „Für heute sollst du recht behalten“, sagt der Tod müde. „So gehe und heirate die Königstochter, zeuge Kinder, damit sich die Lichter in meiner Höhle wieder mehren, sei ein guter König, damit sich Wohlstand

einstellt, überall in deinem Reich, und die Menschen deinem Beispiel folgen, sich die lichten Reihen wieder füllen. Doch vergiss nicht, eines Tages werd ich schon noch kommen und dir dein Lebenslicht ausblasen."

Und was danach geschah? Nun, der Arzt wurde tatsächlich ein guter König und lebte noch sehr lange mit der Königstochter, glücklich und zufrieden; das Reich blühte auf, und als sich schließlich eines Tages der Tod an seinem Bette wiederfand, am Fußende wohlgemerkt, nickte ihm der Arzt wissend zu und der Tod zwinkerte zurück, schließlich war er seinem Patenkind nicht ewig gram und immerhin kam für ihn doch alles wieder ins Lot.

The Secret Grimm Files - Akte 44

Tod, der *im Logen-Venimecum*

Waren es in der Antike die Schicksalsgöttinnen[I], die den Faden des Lebens durchtrennten, stellte den Tod später bei den Griechen ein in weiß gekleideter Jüngling dar, der den Todestrank brachte. Die Bezeichnung "Sensenmann" oder "Schnitter" geht auf eine Stelle im A. T. zurück, in der Jeremia von Leichen spricht, die wie Garben auf dem Feld liegen. Im MA. setzte sich die Vorstellung einer knochigen oder auch körperlosen Gestalt durch, in eine Kutte gekleidet u. mit Sense in der Hand. Diese Figur, populär in Literatur und bildender Kunst des Barock, wurde Knochen-, Sensenmann, Freund Hein oder Gevatter Tod genannt.

Totentanz, der *im Logen-Venimecum*

Darstellendes u. literarisches Mittel der Kunst[II] besonders zu Zeiten der ins allgemeine Bewusstsein gerückten Sterblichkeit. Zumeist ironisch-allegorisch, überlebte diese öffentliche Darstellung des Lebensgenusses im Angesicht des Todes nicht selten speziell dort, wo noch immer einige der bekanntesten bildlichen Totentanz-Darstellungen zu finden sind. Z. B. in Basel oder Bern, Gegenden, die für ihre ursprünglichen Fastnachtsrituale bekannt sind.

Pest, die *im Logen-Venimecum*

Als "schwarzer Tod" entvölkerte diese Seuche seit dem 14. Jh. ganze Landstriche. Anhand des Rattenflohs, einem Überträger der Krankheit, wurde später erkannt, dass es sich um eine Infektion und nicht etwa um eine Gottesstrafe handelt. Das lat. Wort *pestis* bedeutet sowohl Seuche als auch Unglück. Oft falsch diagnostiziert, führte die Pest immer wieder zu Massensterben und im Zuge dessen zu Aberglauben im Volk. Als "weiße Pest" wütete im 17. u. 18. Jh. die oft düster-romantisch überhöhte Tuberkulose. Auch hier standen modernen Theorien von bakterieller Übertragung den überholten Ansichten auf Basis der hippokratischen Viersäftelehre gegenüber.

Anm. d. Hg.:
I) u. II) Siehe hierzu *Unter dem Wasser liegt der Himmel unter der Stadt* und die dazugehörige Akte 24 der The Secret Grimm Files

Christiane Neudecker

Wer kann für böse Träume

Illustrationen Sabine Tabuchi

Der Schlaf kommt nicht. Ich ringe um ihn, ich schreie und stöhne und winde mich und kneife dabei meine brennenden, tränenleeren Augen zusammen. Ich ramme meinen Hinterkopf gegen Holz, ich zerre an meinen verschlungenen Fesseln und presse meine Fußsohlen in den nackten Stein. Der Schlaf wäre, ich will es glauben, meine Erlösung. Aber er kommt und kommt nicht und ohnehin könnte nur eines mich retten: wenn das hier in Wahrheit mein Schlaf wäre, mein böser Traum – und das, worum ich eigentlich flehen müsste, wäre dann: mein Erwachen.

Ich kann, wenn ich die Augen öffne, durch die Dunkelheit bis ins Tal hinuntersehen. Sie haben mich stehend an den Kreuzpfahl gebunden, mit dem Gesicht in Richtung der Ebene. Ich stehe auf dem zerklüfteten Gipfel, knapp oberhalb der Baumgrenze. Der Wind ist ablandig, er zerrt an mir, fährt über mein filziges Haar, über meine zerschrammten, verschorften Glieder. Nur dort, wo das Holzkreuz gegen meine Wirbelsäule drückt, friere ich nicht.

Anfangs habe ich noch versucht, mich zu befreien, aber der Strick schneidet zu tief in mein Fleisch. Meine Hände und Füße spüre ich längst schon nicht mehr. Der Pfarrer hat mit seinen Gichtfingern die Knoten geschnürt, er war gründlich. An meinem Knöchel hat sich unter dem Schorfbrand eine Wunde entzündet. Sie sagen, der Eiter sei ein Beweis meiner Bosheit.

Es ist die dritte Nacht. Der Mond steht weiß und rund am Himmel. Um mich herum ist es still. Nur der Wind dröhnt in meinen Ohren und zu meinen Füßen ächzen und knarren die Baumkronen. Manchmal knackt es im Gehölz, manchmal schreit ein Nachtvogel. Menschen höre ich nicht. Aber sie sind irgendwo dort unten. Sie werden kommen.
Wann es begonnen hat, ist schwer zu sagen. Nur eines weiß ich: Sie ist schuld. Schon im Frühjahr gab es diese Augenblicke, in denen sie mich so merkwürdig ansah. Was ist mit dir, Großmutter, fragte ich sie wieder und wieder. Sie zuckte vor meiner ausgestreckten Hand zurück und schlug Kreuzzeichen und antwortete mir nicht.
Um ihr zu gefallen, würde ich vieles tun. Aber ich bleibe dabei: Ich bin nicht der Teufel. Und sie müsste es wissen: Ich bin doch ich, der Sohn ihrer gemordeten Tochter. Die ich retten hätte können, sagte Großmutter mir. Wieder und wieder sagte sie das, mit kippender, zitternder Stimme. Du, sagte sie, du hättest sie retten müssen. Und sie hat nicht ganz unrecht damit, denn, ja, ich war dort. Aber es waren so viele, die sie wegrissen von mir, und ich war doch kleiner, als ich es jetzt noch bin.
Ich habe keine Bilder zu jenem Tag. Nur die Geräusche sind mir geblieben: mein Keuchen, der Schlag des pulsenden Bluts in meinen Ohren, das Knacken der Zweige, die unter mir barsten – und die helle Stimme meiner so schönen, blond gelockten Mutter, die immer lauter schrie und dabei doch immer leiser wurde: „Lauf", schrie sie, „lauf!"
Wahrscheinlich war das der Tag, an dem Großmutter zerbrach. Ich kann nicht verstehen, warum alle ihr glauben. Es fing ganz langsam an. Die Blicke, die mir über die Felder folgten. Das Verstummen, wenn ich einen Raum betrat. Dann das Wispern,

das anschwoll in den letzten Wochen. Der plötzliche Geruch nach Weihrauch in meiner Kammer. Hätte Mutter mich taufen lassen, wäre das nie passiert.
Der Kot zwischen meinen Beinen ist ausgekühlt und hart. Als sie mich holten, habe ich noch versucht, es zu halten. Aber als sie mit der ersten Nadel kamen, ließ die Angst es aus mir spritzen. Erst roch es säuerlich und scharf, aber seit dem Regen heute Morgen hängt mir ein süßlicher Duft an. Tote riechen so, hat Oma mir einmal erzählt. Mutter muss so gerochen haben, als sie sie fanden. Ihr helles Haar, sagen sie, war ganz rot. Der Blutduft zog die Fliegen an, sie schwirrten um sie herum. Und jetzt rieche ich wie sie, so süß, schon fast blumig. Ich frage mich, was das bedeutet.
Es gibt jemanden, der mit mir redet. Ein einziger Mann, mit schwarzen Kleidern und spitzem Kinn. Er bleibt manchmal, wenn die anderen schon verschwunden sind, in meiner Nähe. Anfangs dachte ich, er würde mir helfen. Er gab mir Wasser, fütterte mir Milchbrot zu. Aber er befreit mich nicht. Stattdessen kauert er sich dort drüben hin, auf diesem Felsvorsprung. Er hält dann Papierblätter auf seinen Knien, einen Federkiel in seiner Hand. Anfangs konnte ich mir das nicht erklären, aber inzwischen verstehe ich: Er schreibt mich auf.
Ob ich mich auch fühlen würde wie der Teufel, wollte er gestern wissen. Wie das denn sei, so als Ausgeburt des Bösen. Ich konnte vor Tränen nicht sprechen.
Zwei goldene Nadeln wandern in meinen Blutbahnen herum. Dass sie mein Herz erreichen werden, sagt mir der Mann. Sie werden sich durch den Blutmantel bohren, der mein Innerstes umgibt. Die Nadeln werden, wenn sie mein Herz erreicht haben, meinen ganzen Körper aufklaffen lassen. Und meine Seele wird sich dann, sagt er, aushauchen durch diesen Windkanal.

Sie wird meinen Leib verlassen und flatternd in die Lüfte aufsteigen, höher und höher hinauf, bis an den scharfgezackten Sonnenrand. Und dann wird sie stürzen, sagt er. Mein dunkler Seelenschatten wird sich am gleißenden Licht verbrühen, er wird aufkreischen und schmorend abwärts stürzen, im rasenden, lodernden Fall, immer tiefer, bis hinab durch die Erdkruste und hinunter in die Feuergräben der Hölle, in die ich gehöre.

Ob es schmerzhaft werden wird, sagt er mir nicht.

Er ist nicht der Einzige, der mir Fragen stellt. Warum der Brunnen im Dorf kein Wasser mehr gibt, wollen sie von mir hören. Warum der Feigenbaum auf dem Marktplatz verdorrt. Sie glauben, dass ich das wissen muss – denn ich bin doch Satan, ich bin verantwortlich dafür. Und ich antworte ihnen, ja, ich antworte ihnen. Einen weißen Stein habe ich erfunden, der unten auf dem Grund des Brunnens liegt und dort die Quelle blockiert. Und eine Ratte, die an der Baumwurzel nagt. Ich hatte gehofft, wenn ich antwortete, ließen sie mich gehen. Aber sie sind so nicht.

Manchmal glaube ich, dass Großmutter diejenige ist, die der Alb gefangen hält. Nicht ich werde von diesem Traum gequält, sondern sie. Und sie wird erwachen. Ich will das glauben. Sie wird erwachen und dann wird sie mich wieder sehen. Sie wird allen sagen, dass sie sich geirrt hat, dass ich nicht der Teufel bin. Sie wird mich wiedererkennen als ihren Enkel, sie wird mich befreien. Und dann wird sie mich in ihren Armen wiegen und mir die Melodien ins Ohr summen, die sie schon meiner Mutter vorgesungen hat. Sie wird mich halten und wärmen, ganz so wie früher. Und ich werde ihr das Leid der letzten Tage nicht vorwerfen, niemals. Denn wer kann schon für böse Träume, wer kann schon dafür.

Noch einmal: Ich bin nicht der Teufel!
Trotzdem habe ich gestern, als sie kamen, so getan. „Ich rieche Menschenfleisch!“, brüllte ich und rollte die Augen. „Menschenfleisch rieche ich!“ Dann fletschte ich die Zähne und ließ Spuckeblasen aus meinem Mund hervorblubbern. Ich dachte, ich könnte sie damit verscheuchen. Wenn sie Angst vor mir hätten, dachte ich, dann wagten sie sich nicht an mich heran. Einen Moment lang hat es gewirkt, sie wichen zurück. Nur der schwarz gekleidete Mann lachte. Er stand abseits auf seiner Felskuppe, er hielt die Arme vor seinem Brustkorb verschränkt und lachte so laut, dass unter ihm die Bodenflechten zu zittern begannen. Das brach den Bann.
Eine dritte Nadel werde ich nicht überleben. Ich weiß das, ich kann es spüren.
Ich stelle mir vor, wie unten im Dorf der Schmied sein Eisen aufglühen lässt. Wie er den Goldnagel auf den Amboss legt und eine Spitze heraushämmert, mit harten, zielsicheren Schlägen. Den flach geschliffenen Kolben setzt er an das andere Ende, das Nadelöhr schlägt er kalt ein, mit seinem winzigen Meißel. Ich habe ihm oft zugesehen bei seiner Arbeit. Ich wollte, wenn ich groß bin, so werden wie er. Wäre ich noch einer von ihnen, hätte ich bei ihm lernen wollen. Ich frage mich, wie er die Nadeln so spitz bekommt, so haarfein. Die ersten beiden glitten ganz leicht unter meine Haut, wir waren alle überrascht.
Den Einstich an der Pulsader kann ich nicht sehen. Aber wenn ich das Kinn auf die Brust lege und die Hüfte ein bisschen vorschiebe, sehe ich aus den Augenwinkeln den Stich in der Leiste. Er ist ganz klein, ein kleiner roter Punkt. Dass das eine Verletzung sein soll, ist kaum zu glauben.
Sie werden mir, das weiß ich, um Mitternacht ins Herz stechen. Etwas tröstet mich. Der Mann wird, wenn ich bei Mutter

bin, meine Geschichte erzählen. Er ist nicht von hier, er wird diesen Ort verlassen. Seine Aufzeichnungen nimmt er mit. Und dann wird er alle wissen lassen, wie es wirklich war. Er wird ihnen sagen, dass ich nicht der Teufel war. Sondern ein einfacher Junge, der seiner toten Mutter zu ähnlich sah. Und auch von den drei goldenen Nadeln wird er erzählen. Von meinem Schmerz. Er wird mich bewahren.
Seitdem ich das denke, finde ich seine Anwesenheit tröstlich. Das Kratzen seines Federkiels war ein beruhigendes Geräusch, fast vermisse ich es jetzt. Manchmal, wenn er hier ist, summt der Mann. Er legt dann seinen Kopf mit den braunen Haarwellen in den Nacken und schließt seine Augen. Ich habe ihn gefragt, ob er Minnesänger sei. Darüber hat er gelächelt.
Die Nachttiere werden unruhig. Unten am Berg höre ich das Knacken von brechenden Zweigen. Der Wald wird hinterleuchtet von sich nähernden Fackeln, ihr Licht flackert durch das Gehölz. Die Kirchenglocken beginnen zu läuten, ihr Schall steigt über das Moor, die Hunde schlagen an.
Ich kann die Stimmen hören. Sie singen. Ihr Chorgesang schwillt an er bläht sich aufwärts, bis herauf zu mir. Ein Wechselgesang aus Männerstimmen, Frauenstimmen ist das: Christus, erbarme dich unser, Herr, erbarme dich unser, vertreibe den Dämon aus unserer Mitte, Sanctus, Sanctus Dominus Deus Sabaoth ...
Ich frage mich, ob der Mann bei ihnen ist. Vielleicht würde ich ihn nicht erkennen. In meiner Erinnerung verformt er sich manchmal – schon gestern sah er anders aus als vorgestern. Als wäre er sein eigener Bruder.
Ich senke das Kinn. Mit einem Ruck reiße ich meinen Kopf nach hinten und knalle meinen Hinterkopf gegen das Kreuz. Noch einmal, ein letztes Mal, versuche ich so zu erwachen. Soll

der Schmerz meinen Körper durchzucken und mich herausreißen aus den Untiefen, den Abgründen dieses pechschwarzen Traums!
Mein Schädelknochen schlägt auf den Pfahl, ich keuche. Die kalte Luft schießt mir in den Schlund, sie beißt sich von innen in meine Kehle. Im Innern meines Kopfes höre ich ein Knirschen. Ich reiße die Augen auf.

Alles bleibt, wie es ist. Der Mond steht gleißend über mir, nur der Wind ist sanfter geworden, er streicht über meine Haut. Der Gesang wird lauter, der Waldweg zittert im Fackellicht, er springt auf mich zu.
Es ist so weit. Sie kommen.

Hexenprozesse, die *im Logen-Venimecum*

Fanden im deutschsprachigen Raum bis ins 18. Jh. statt. Meist vor weltlichen Gerichten, bei denen Buße u. Abschwörung nicht halfen. Einmal angeklagt, war man praktisch zum Tode verurteilt. Auslöser waren oft Denunziationen, die auch Kinder nicht verschonten. Als Legitimation diente u.a. der vom Dominikanermönch Heinrich Kramer im 15. Jh. verfasste *Hexenhammer.* Eine Welle der Hexenhysterie und des "Teufelsswahns"[I)] erfasste Europa insbesondere im 15./16. Jh. Nach der Anklage folgte ein dreistufiges Verhör, an dessen Ende die "peinliche Befragung", die Folter, stand. Hierbei kamen u. a. Streckbank u. Daumenschrauben zum Einsatz. Aber auch sog. Nadelproben galten als Beweis. Mit diesen wurden angebliche Hexenmale (mancherorts auch Teufelskuss genannt) traktiert, die als schmerzunempfindlich und blutleer galten. Ob daraus die Sage erwuchs, goldene Nadeln wären ein nicht nachweisbares Mordinstrument, wie fränkische Aufzeichnungen aus dem Spätmittelalter andeuten, ist unklar.

Teufelsmaler, der *im Logen-Venimecum*

1826 wurde in Spanien ein letztes von der Inquisition verhängtes Todesurteil vollstreckt. Zu dieser Zeit waren Francisco José de Goya y Lucientes' "schwarze Bilder" bereits entstanden. Goya malte fliegende Hexenmeister, -sabbate und -prozesse, nachdem er sich als spanischer Hofmaler zurückgezogen hatte. Wie sein Vater hätte er Vergolder[II)] werden sollen, doch da das Geschäft schlecht lief, musste er stattdessen ein anderes Handwerk lernen: die Malerei. In dieser beschäftigte er sich seit den 1790er Jahren mit gesellschaftskritischen Themen wie dem Aberglauben oder dem Krieg.

[Wir beobachten ihn seit der Veröffentlichung seiner gesellschaftskritischen Los-Caprichos-Bilder (glücklicherweise von A. in Sicherheit gebracht).]

Anm. d. Hg.:
I) siehe auch The Secret Grimm Files - Akte 20 zu *Die Rache der Fliegen*
II) siehe auch The Secret Grimm Files - Akte 55 zu *Wenn niemand es wüßte*

Michael Weins

Wenn niemand es wüsste

Illustrationen Jens Weber

Der Müller war in Stimmung zu summieren.
„Ich bin Müller. Ich bin arm. Aber ich habe eine schöne Tochter.“
Unzufrieden zirkelte er aus der Hüfte einen flachen Stein in die Pfütze, die sein Mühlteich im Hochsommer darstellte. Der Stein hüpfte zweimal und versank. Das Mühlrad drehte sich träge im Bach. Nie würde dieses Rinnsal genügen, all das Korn zu Mehl zu mahlen, das dort im Speicher wartete. Die Mühle war ein ruinöses Unternehmen. Wenn die Bauern die Ernte eingebracht hatten und es Arbeit gab, reichte das Wasser nicht, und war der Bach reißend in der Schneeschmelze, verfaulte das Korn im Speicher: Aß man Brot von diesem Mehl, bekam man Fieber, sah tagelang haarige Wesen mit langen Insektengliedern, die sich Trompeten in den Hintern schoben.
Er war Witwer, seine Frau vor zwölf Jahren gestorben, die Tochter damals noch ein kleines Kind. Heute vergaß der Müller über ihren Anblick, wie seine Frau einst ausgesehen hatte.
Er hatte einen Knecht, den Franz. Gemeinsam schleppten sie das Korn in die Mühle, wuchteten die schweren Säcke hinauf zur Rutsche, die sich in das weite Maul des Mühlsteins ergoss. Der Franz hatte Augen für die Müllerstochter. Erschien sie auf dem Hof, machten sich die Augäpfel selbstständig, befahlen dem Kopf die Blickrichtung, egal, welche Arbeit zu erledigen

war. Es war ein Bann. Da half nur, dass Franz sich an einer Wand rieb, bis der Zauber aufgehoben war.
Die Tochter führte dem Müller den Haushalt. Wäre es nach ihm gegangen, hätte sie sein Bett geteilt. Sie war sechzehn ihre Hüften stark, weich, biegsam wie die Ähren in einem Feld, in dem nachts der Wind geht. Sie hatte einen Mohnblumenmund, ihr Haar die Farbe des Sommers. Der Müller projizierte das Bild seiner Tochter und legte es über das des Königs.

Der König saß im Thronsaal, als hätte er sein Lebtag nichts anderes getan. Den Ellbogen auf der reich verzierten Lehne, den Handballen im Gesicht, das Auge zusammengeschoben zum Schlitz, durch den er das Relief an der Wand gegenüber betrachtete, einen goldenen Ochsen, der von hinten eine Hündin penetriert. Über Geschmack lässt sich streiten, dachte der König. Dabei hatte er das Kunstwerk selbst ausgewählt, einen Monat zuvor, als die Königin an einer Krankheit eingegangen war, plötzlich, die dritte Königin in Folge. Als Ersatz dieses Relief, als Betäubung für die Bitterkeit. Wie ihre Vorgängerinnen war sie nicht in der Lage gewesen, ihm einen Sohn zu schenken. Nichts wünschte sich der König sehnlicher als einen Stammhalter, zwei treue Hände, in die er das Szepter des Reiches legen konnte. Er starrte grimmig vor sich auf den Boden und dachte an die Fürsten, die sich an seiner Tafel breitgemacht hatten, um den richtigen Moment abzupassen, seinen Augenblick der Schwäche. Durch die Scheiben des Saals blickte er nach dem Himmel, von dem er nicht sicher war, ob er existierte, wenn er ihn nicht mit Blicken festhielt. Ein roter Himmel durch das getönte Glas, blank geputzt und unbewegt und in nichts von dem unterschieden, was er sah, wenn er zwischen zwei Audienzen die Augen schloss.

Draußen auf dem Platz spottete das Volk, das wusste er, drei Frauen in so kurzer Zeit, alle tot, was war das für ein Verschleiß, was war das für ein König. Aber noch hielt er das Szepter aufrecht in der Hand. Noch ließ er sich nicht zum Gespött machen, da ließ er lieber Köpfe rollen wie seine Augen jetzt unter den geschlossenen Lidern.

Ein Bittsteller wurde gemeldet.

Der Müller hatte sich die Sätze sorgfältig zusammengesucht, Wort für Wort wie Perlen zu einer Kette, ein braver Absolvent eines Rhetorikseminars. Doch jetzt, zu Füßen des Herrschers, war aller Elan verpufft, der Mund trocken, und als er ihn öffnete, wehte nur ein maues Lüftchen hervor: „Herr König, ich bin Müller. Ich bin arm. Aber ich habe eine schöne Tochter."
Dem König gefiel so was. Die Wolken verzogen sich nach links und rechts aus seinem Gemüt und machten einer spöttischen Sonne Platz. Er sagte nichts, ein König kann sich das erlauben. Es war der Müller, der in den Backentaschen nach Worten kramte, wo waren sie hin? Was er schließlich vorgefertigt fand, war dieses: „Man sagt, das Reich warte auf den Kronprinzen."
Der Müller suchte, fixierte die goldenen Schnallen auf den Stiefeln des Königs. Die Augen des Königs kneteten ihn wie einen Teig.
„Man erzählt sich, dass auch unsere dritte Königin verstarb, ohne dem Reich den nächsten Regenten hinterlassen zu haben ..." Gütiger Himmel, ich rede mich um Kopf und Kragen, dachte der Müller. „Es scheint, die Damen von Adel sind schwächlich und ihrer Aufgabe nicht gewachsen, diese blassen Wesen."

Die Blicke des Königs gossen ihn in eine gefettete Form. Sie buken ihn bei 360 Grad. Dem Müller schnürte es die Kehle zu, doch er dachte an den Winter, die kalte Stube und die Tochter, er zwang sich und brachte es zu Ende: „König, die Hüften meiner Tochter sind wie die Natur selbst, sie sind wie die Scholle im Frühjahr, die auf den Pflug wartet und auf den Sämann, sie sind der reine Mutterboden."
Er hoffte nur, dass keiner der Diener an der Tür lauschte, niemals wieder könnte er sich sonst im Dorfkrug blicken lassen. Aber die letzten Worte gingen schon unter im Gelächter des Königs. Eine Müllerin! Dieser Poet wollte ihn mit einer Müllerin verkuppeln!
„Hör zu", wandte er sich an den Müller, auf einen Schlag ernst wie die Gotik. „Du bringst deine Tochter noch diese Nacht zu mir aufs Schloss. Sie soll drei Zyklen in einer Kammer wohnen. Es ist ein Versuch. Es wird ihr an nichts fehlen, sie wird gut behandelt werden. Dreimal werde ich sie nachts besuchen, dreimal! Entweder bist du danach Großvater, ein gemachter Mann, und deine Tochter eine Königin, oder aber du hast keine Tochter mehr, verstehst du, und verlässt dieses Land, und ich bin ein Herrscher mit zwei Untertanen weniger."
Als der Müller das Schloss verließ, hatte er Schlagseite. Unter seinem Wams trug er einen Beutel Gold, groß wie ein Kinderkopf.
Die Müllerstochter kauerte auf der Bettkante, den Kopf zwischen den Händen. Niemand hatte sie gefragt. Der Vater hatte sie hierher gebracht, hatte gesagt, sie solle sich nicht fürchten, es werde ihr gut ergehen, wenn sie nur dem König gehorche und alles, alles, mit sich machen lasse. Dabei hatte er sie

angeschaut, wie sonst nur der Franz es tat, wenn er sie auf dem Hof bei der Wäsche beobachtete. Dann hatte er sie der Obhut der Zofen überlassen. Die badeten, schrubbten und parfümierten ihren Körper, steckten sie in ein weißes Kleid, unter dem sie nichts zu tragen hatte, bürsteten ihr das Haar und verzierten es mit Schleifchen. Sie kam sich vor wie ein Geschenk zur Weihnacht unter dem geschmückten Baum. Eine traurige Weihnacht hinter einer verschlossenen Tür, in einer Kammer mit goldenen Wänden, aber ohne Fenster. Ihr einziger Ausblick ein Gemälde an der Wand gegenüber dem Bett: eine dunkle Wolke, die sich ausregnet.

Der König kam nachts. In der Stille drehte sich der Schlüssel, eine Hand hielt flackerndes Kerzenlicht in die Kammer, das Gold troff von den Wänden. Einen König hatte sie sich anders vorgestellt. Er trat ans Bett und fasste sie hart an. Er drehte sie auf der Matratze herum, dass sie auf dem Bauch zu liegen kam, blies die Kerze aus und schob ihr das Kleid über die Hüften. Werde ich ihn hassen können?, fragte sie sich, als er sich die Hose in die

Kniekehlen zog. Er fügte ihr einen schnellen, heißen Schmerz zu, der ihr wie Feuer in die Kehle stieg. Heftig atmend schluckte sie, schluckte alles hinunter, sonst hätte es sich als ein Drachen von Schrei freigekämpft. Sie nahm sich vor: Eines Tages, wenn niemand damit rechnet, brülle ich los, lauter als laut, bis diese ganze verdammte Welt auf einem Scheiterhaufen vor mir liegt. Hinter ihr, auf ihr mühte sich der König, bewegte sich wie das Mühlrad in der Schneeschmelze, es ging sehr schnell: Bald war sein Korn zu einem dünnen Mehl gemahlen.

Die Speisen wurden ihr in die Kammer gebracht. Die Tage sahen gleich aus. Die Zofen hießen Emilie und Agathe und ließen ansonsten nicht viel Vertraulichkeit zu. Sie hatte die erste Chance verpatzt. Menstruationsblut im Bettzeug. Der Vater schaute zwei-, dreimal vorbei, wünschte eindringlich Glück beim nächsten Mal.

Da ist er ja, mein großer Verführer, sagte sich die Müllerstochter, als der Schlüssel zum zweiten Mal im Schloss knackte. Er war erst einmal gekommen, aber schon hatte sie so etwas wie Übung entwickelt, die Gleichförmigkeit der Tage hatte sich mit Bitterkeit gefüllt. Nackt lag sie auf dem Bett, den Hintern zur Tür gereckt, mit einem Kissen unter dem Bauch und dem Bild vor der Nase.

Der Müller stand in der Mühle und tätschelte die alten Balken. Der schafft das nie, dachte er. Zwei Monate waren vergangen, zwei Besuche des Königs in der Kammer verstrichen. Ein Kind muss her, sonst ist die Tochter die vierte tote Frau in diesen Mauern. Er schaute hinaus auf den Hof, wo ein Dauerregen den Mühlteich anschwellen ließ. Es bleibt nur noch eine Nacht. Da muss ein Mann mit Samen ran. Er ließ

den Blick zu seinem Knecht hinüberwandern, der Getreide in Säcke schippte und eine Melodie vor sich hin pfiff. Es gibt zwei Möglichkeiten, dachte er. Die eine: Ich gehe selbst zu ihr, dann riskieren wir einen Idioten. Die andere: Der Franz muss ran. Franz war kein missgebildeter Mann. Der Franz war dumm. Freilich sah er dem König in keinster Weise ähnlich. Aber Franz wollte seine Tochter. Er wollte sie mehr als das Glück und mit der ganzen Macht seiner irrsinnigen Lenden. Es war einen Versuch wert. „Franz", rief er seinem Knecht zu, „möchtest du mit meiner Tochter ins Stroh?"
Franz schaute seinen Herrn mit gerunzelter Stirn an, dann entwickelte sich ein Lächeln auf seinem Gesicht wie Windmühlenflügel.

Der König wollte diesmal alles richtig machen. Drei Tage lang aß er nur weißes Fleisch und rohes Gemüse. Er erlegte sich ein Ertüchtigungsprogramm auf, jeden Tag einen Ritt und die 122 Stufen im Schlossturm hinauf. Wie gewohnt wartete er die fruchtbaren Tage ab. Er ordnete Bäder in Stutenmilch an. Einen Tag später Bäder in Milch hochschwangerer Frauen. Er erkundigte sich nach dem Befinden der Müllerin. Schön ist sie, dachte er und betrachtete sich im Spiegel.
In der Nacht ging er zu ihr, seinen Purpur um die Schultern, trat in ihre Kammer und fand sie mit ernstem Gesicht in der Ecke stehend, die Arme verschränkt, mit Stiefeln und Hemd bekleidet, aber nichts darunter. Sie wollte nicht sterben.
Als der König die Kammer verließ, schmiegte sich Ruhe in die Flure des Schlosses. Der Mond ging vor der Tür der Müllerstochter spazieren. Nach einer Weile löste sich aus dem Schutz des Vorhangs der Müller, trat zur Tür und probierte sachte den Dietrich. „Franz", rief er leise ins Dunkel, wo ihm

ein Schatten gehorchte. Und ins Dunkel der Kammer sagte er: „Kind, lass ihn nur machen.“

Der Franz stand lange im Dunkel unter einem Baum vor den Mauern des Schlosses. Er fasste sich mit den Händen ins Gesicht, tastete vorsichtig darin herum, glitt mit den Händen an Kinn, Brust, Bauch herab, unsicher, ob alles am rechten Platz war, noch ihm gehörte.

Die Müllerstochter hatte in lauter Gold gelegen, nackt. Er war nicht sicher, ob es ein Traum, ob dies das Paradies, von dem der Pastor gesprochen hatte, das Himmelreich oder nur ein Zustand des Herzens gewesen sein sollte. Er war vorangewankt mit Knien aus Butter. Die Schöne hatte sich umgedreht und ihn angesehen mit glühenden Augen, dann hatte sich alles geöffnet. Und er war eingetaucht. Sie hatten miteinander gerungen, gewehklagt, er hatte es nicht verstanden, es hatte ihm Schmerzen bereitet und es war ihm überirdisch schön vorgekommen. Am Ende hatte die Müllerstochter geweint, und er hatte nicht die Spur einer Idee, wieso. Also hatte er eine Weile mit ihr geweint, Träne um Träne.

Dann hatte sich jäh die Tür geöffnet. Ein Wächter mit Hellebarde hatte darin gestanden, die Spitze der Waffe auf seinen bleichen Leib richtend. Hinter dem Mann war der Müller aufgetaucht, hatte zwei Goldstücke in den offenen Mund gesteckt, bevor dieser Laut geben konnte. Franz hatte rasch seine Kleider zusammengesucht, und als er sich umblickte zur Müllerstochter vor dem Verlassen der Kammer, hatte es in all dem Gold zu ihm herübergelächelt. Ein Lächeln für ihn. Jetzt stand er unter dem Baum, keinen Boden unter den Füßen, leicht wie nie, voll goldener, himmlischer Unruhe.

Den Müller blendete das gleißende Licht, das die großen, weit geöffneten Fenster des Thronsaals in sein Gesicht schlugen. Im Hintergrund, im Halbdunkel der König auf dem Thron, beide Hände fest auf die Lehnen gepresst, abwechselnd das Weiß seiner hervortretenden Knöchel und die im Licht pendelnde Gestalt des Besuchers betrachtend. „Es ist passiert“, begrüßte der König den Müller ohne übertriebene Freundlichkeit. Der Müller angespannt wie ein Ochse vor dem Mühlrad.
„Meine Tochter bekommt ein Kind?“
„Deine Tochter wird die neue Königin.“
Das Gesicht des Königs ein Labyrinth, der Müller suchte, doch er fand keinen Weg hindurch. Nach Freude sah es nicht aus.
„Es gibt eine Hochzeit?“
„Es wird eine Hochzeit geben.“
Der Müller fühlte sein Herz schlagen, schwer wie ein Kinderkopf.
„In sieben Tagen ist deine Tochter die neue Königin.“
Der Balkon des Schlosses hing über dem Platz wie ein Fischerboot über dem Schwarm, der ins Netz gehen wird. Die große Buntglastür verschlossen, schemenhafte Bewegungen zeichneten sich ab. Die Unruhe wuchs. Gerüchte huschten von einem Mund zum andern, Ohren wurden dankbar hingehalten, man trug es zum nächsten Grüppchen hinüber: Der König, seine Frau und das Kind, manche sagen, die Frau ist eine Hexe und das Kind ein Teufel, den sich der hohe Herr in einem dunklen Geschäft eingehandelt hat.
Fanfaren zerrissen das Durcheinander und ordneten die Aufmerksamkeit auf den Balkon hin, wo sich die Türen öffneten. Der König und seine Königin, schön wie ein Septembermorgen, das Neugeborene auf dem Arm, den Müller zur Seite,

auch er festlich eingekleidet, traten hinaus in das schäumende Bad aus Blicken. Der König nahm der Königin das Kind ab und hob es hoch über sein Haupt. Ein Raunen ging durch die Menge. „Dies ist mein Sohn“, rief er mit donnernder Stimme, „der zukünftige Herrscher des Reiches!“
Das Schweigen lastete nicht lange. Aus dem Getümmel löste sich eine einzelne Kinderstimme: „Aber das sieht ja aus wie der Franz!“ Eine Frauenstimme nahm die Worte auf: „Wahrlich, das Kind sieht aus wie der Knecht vom Müller!“ Gelächter wogte über den Platz. Der Ruf wurde aufgenommen und weitergetragen. „Es ist der Franz! Der Franz ist der Vater!“ Andere riefen: „Das Kind ist vom Teufel! Das hat ihm der Teufel gemacht!“
Franz stand am Rande des Platzes und wusste nicht, wie ihm geschah. Immer mehr feixende Gesichter wandten sich ihm zu, so viele, bis er selbst nichts mehr sah. Und obwohl die Entfernung immens war, fühlte er, wie ihn dort oben auf dem Balkon ein weiteres Augenpaar suchte und fand, einen Punkt auf seiner Schädeldecke fixierte und ihn von dort, von oben nach unten, mit Blicken mitten entzweiriss. Er wankte durch die Menge, nur fort von diesem Platz, fort von der Stadt, hinaus zur Mühle, schnell, ins Versteck hinter den Säcken oder noch besser: untertauchen im Wasser des Mühlteichs.
Die Königin über der Menge barg ihr Gesicht an der Schulter des Vaters. Der Müller drückte sein Kind an sich.

Der König schritt entschlossen ins Innere des Palastes, den schreienden Säugling mit ausgestreckten Armen vor sich herhaltend. Im Saal legte er das Kind auf den Polstern des Thrones ab und raufte sich die Haare. Prüfend musterte er das Kind noch einmal, das ihm von Anfang nicht geheuer vorgekommen war. Immerhin hatte er eine Ähnlichkeit wahrzunehmen geglaubt, einen willenstarken Zug um die Nase, sonst ganz die Müllerin, was er als Vorteil gewertet hatte. Er zog sein Schwert aus der Scheide, betrachtete die Klinge zwischen den Fingern. Er wog die Dinge ab, es war nicht leicht zu entscheiden. Von draußen brandete erneut Lärm auf. Er wollte allein sein jetzt, niemanden sehen. Aber vor ihm blickte ein Paar nur zu gut bekannter Augen zu ihm auf. Grimmig sprach er ein paar Worte zu sich selbst: Besser wär's, wenn niemand es wüsste. Dann hob er das Schwert mit weitem Schwung über den Kopf.

The Secret Grimm Files - Akte 55

Müller, der *im Logen-Venimecum*

Beruf, der vielerorts bis in die Neuzeit als "unehrlich" galt, wie auch z. B. der des Scharfrichters oder Schaustellers[I)]. Diesen wurde gleichermaßen Übles nachgesagt. So gibt es Hinweise auf ein Lexikon (vermutlich aus dem 18. Jh.), in dem 30 verschiedene Möglichkeiten beschrieben werden wie ein Müller betrügen könne. Doch bedeutete im MA. "unehrlich" im eigentlichen Wortsinn "unter den Ständen" und damit außerhalb der Gesellschaft stehend. Wer "unterständisch" geboren war, blieb es. Traten Müllersöhne nicht die Nachfolge des Vaters an, mussten sie sich oft als Knecht verdingen, Töchter arbeiteten entweder (unentgeldlich) im Familienbetrieb, als Mägde oder wurden verehelicht. Als ausgeschlossen galt dabei das Einheiraten in höhere Stände[II)].

Steckbrief eines nie gefundenen Sündenbocks, im Original wiedergegeben.

Auf Befehl unseres gnädigen Herren, seiner Durchlaucht Wilhelm I. von Hessen, wird in allen Theilen unserer Grafschaft gesucht die nämliche Person teutscher Zunge, die genannt wird Rumpels Nickel alias Nickel Rumpel, alias Der Rumpel, alias Der Rüttler, alias Kloana Rumpel. Diesem wird zur Last gelegt der selbstvollzogene Betrug mit Zinnzeug, das wie Gold glänzte. Ferner die unstatthafte und unsittliche Näherung an verschiedenerlei Weibsbilder zum Behufe des Kussraubes. Weiterhin die Betheiligung am Komplotte des vergifteten Fischbachs zu Lichtenberg, dessen zu Folge manche Noth über Ort und Unterthanen seiner Durchlaucht hereinbrach. Ferner ist Rumpel schuldig befunden des Zinnswuchers in wenigstens drei Fällen sowie der wiederholten blasphemischen Kränkung des Pfarrers zu Reinheim. Gemeinsam mit Johann Georg Dascher steht er darüber in schwerem Verdachte, dem Freien Landwirthe Martin Bohnsack im Winter des Jahres 1809[III)] zumindest zwei Roßsaum Dörrfleisch gestohlen zu haben.
Zu erkennen für jedwedes achtsame Auge ist Rumpel am unvollkommenen Wuchs des Körpers, einer knollenförmigen Nase, buschigen Brauen und einer hohen meckernden Tonart. Ergreifung des Rumpels und Hinweise auf diesen selbst wird belohnt!
Im Namen Ihrer Durchlaucht Wilhelm I.,
geschrieben (*unleserlich*) vom (*unleserlich*)

Anm. d. Hg.:
I) siehe hierzu auch The Secret Grimm Files - Akte 26 zu *Mit vollkommener Klarheit*
II) siehe hierzu *Die Rache der Fliegen*
III) angeblich nur einer aus einer ganzen Sammlung Steckbriefe, die Nie-Geklärtes über die Jahrhunderte eben jenem Gesuchten zur Last legten.

Rabea Edel

Unter dem Wasser liegt der Himmel über der Stadt

Illustrationen Florian Bayer

DONOTCRO

Sie haben die Kinder eines nach dem anderen aus dem Wasser gezogen und nebeneinander am Straßenrand in die Morgensonne gelegt. Eine lange Reihe blasser Gesichtchen mit strähnigen Haaren, um jedes herum eine Pfütze, die Kleider kleben an den dünnen Körpern.

Zwei Männer in Filzstiefeln stehen mit langen Stöcken am Rand der Wiese und versperren den Blick. Bis zu den Knöcheln sind sie in den Schlamm eingesunken, sie bewegen sich langsam, es schmatzt, nur ein unachtsamer Ruck und sie versinken bis zu den Knien. Es hat viel geregnet in diesem Winter, der Wiesengrund ist aufgeweicht, hungrig ist er, sagen sie und neigen die Köpfe, starren auf die Wasseroberfläche, auf der sich der Himmel spiegelt: ein zehn Quadratmeter großes Loch im Boden, als wäre die Welt eine flache Ebene und darunter läge eine zweite Schicht Welt, in der der Himmel genauso blau und wässrig ist wie hier, und darunter eine weitere und immer so fort. Dort, unter dem hellen Blau, unter den Wolken ist es still. Aber der See ist nur wenige Meter tief, sagen sie, auch wenn man durch das trübe Wasser keinen Grund erkennen kann. Wind schiebt die Wolken an, von Westen nach Osten über das Dorf hinweg und über die schweigsamen Männer und die winzigen Körper am Straßenrand.

Es ist die Mitte der Rauhnächte und viel zu warm für diese Jahreszeit, längst hätte der See gefroren sein müssen, dann wäre das hier nicht passiert. Statt in Raureif liegen die Wiesen am Morgen noch immer im Nebel, den die Sonne auflöst. Bald wird es wieder so warm sein, dass die Männer ihre Mützen abnehmen, die Jacken ausziehen und die Ärmel hochkrempeln können nach getaner Arbeit. Jetzt aber warten sie. Darauf, dass etwas passiert. Etwas, was diesem Morgen noch eine Wendung geben könnte. Der eine hebt den Stock und stochert in den Wolken herum. Nichts. Nur Algen und Schlamm. Er schüttelt den Kopf und sieht zur Straße hinüber. Die Kinder liegen dort still, als würden sie schlafen.

Letztes Jahr sind eines Nachts Pferd und Reiter verschwunden. Im Winter zuvor mehrere junge Kälber. Unter dem Wiesengrund liegen ihre Körper im weichen Schlammbett konserviert. In einiger Entfernung steht das Dorf. Niemand traut sich näher heran. Niemand vermisst sein Balg oder das eines Nachbarn. Es müssen die einer Fremden sein, sagen sie.

Irgendeiner aus dem Dorf hat schon vor Monaten prophezeit, dass drei Männer sterben würden. Er hatte geträumt, dass drei Kiefern fielen, und war aufgewacht und hatte verstanden. Auf jeden der Männer kommen an diesem Wintermorgen zwei Kinder. Das ist zu viel, sagen sie und spucken aus. Es wird einer aus Gotha kommen, wie beim letzten Mal auch, als hier Dinge passierten. Dinge, sagen sie und meinen: als der Reiter verschwand und in kurzer Abfolge auch die Kühe. Dinge, sagen sie und meinen: das Rauschen, das nächtelang von der Wiese herüber ins Dorf dröhnte, Glockengeläut. Unsinn. Aberglaube. Alpträume. Es wird einer kommen und Protokoll aufnehmen, er wird im Gasthof wohnen und sie beobachten, er wird eine Brille aufsetzen, einen wichtigen Blick. So wird es sein und das will niemand hier, sagen sie. Er wird einen feinen Zwirn tragen und ihnen Vorhaltungen machen. Und später wird es Geschichten geben, über das Dorf und die Nixe im See und die Kinder, die Ungeborenen und die Toten.

Ein Vogel fliegt aus der Wiese, steigt auf, ist mit wenigen Flügelschlägen im Blau verschwunden. Das ist ein anderes Zeichen. Oder gar keines. Alles ist voller Zeichen hier, die gedeutet werden können, aber ich denke manchmal, dass die Menschen hier im Dorf gar nichts anderes können, als von umfallenden Bäumen oder Tieren oder von jungen Mädchen zu träumen, denen sie im Schlaf die Röcke heben, die Spindeln, Kochlöffel und Nähnadeln aus der Hand nehmen, um sie am nächsten Morgen schon vergessen zu haben.

Eine der Frauen, die da am Dorfrand stehen und zum See hinüberglotzen, hat eine Bibel in der Hand, aber die ist nicht aufgeschlagen. Sie hat einen Finger zwischen die Seiten geklemmt, um die Stelle wiederzufinden, die sie gerade gelesen hat, als sie durchs Dorf liefen und nach ihr riefen. Ihre Tochter ist vor Jahren verschwunden. Durchgebrannt ist sie, sagen sie, in der Stadt ist sie und arbeitet dort sehr hart, sagt die Frau. Ich sehe ihr Gesicht, die Falten um die Mundwinkel, sie kneift die Augen zusammen, um besser zu erkennen, was drüben am Wasser passiert.

Die langsamen Bewegungen der Männer, die die Stöcke ins Wasser stoßen und die Haken durch den See ziehen. Andächtig. Abgesehen von den Kindern und dem Getuschel der Leute ist dieser Morgen sehr hell und warm und still.

PLEASE WOULD YOU WALK ON GUYS
I'VE HEARD ABOUT HER IN SCHOOL
DID YOU KNOW HER?

*

Die großen Sünden kamen jeden Freitagabend ins Dorf, wenn der Erlöser am Kreuz litt und alle auf den Kirchenbänken sitzen und verstehen sollten, wie furchtbar es war. Danach streute man wieder Blumen in den See, tanzte um das Wasser herum oder stellte Stiefel vor die Tür, und die Kinder lauerten auf Süßigkeiten.

Die kleinen Sünden kamen mit Marie. Vielleicht hatte sie sie im Koffer versteckt und trug sie ganz einfach die Dorfstraße hinauf und stellte sie auf der Türschwelle des Hauses ab, in dem sie die nächsten Monate wohnen sollte, vielleicht sogar die nächsten Jahre. Nähen, backen, Kinder hüten. Es war spät am Nachmittag, als Marie ankam, und das Haus war dunkel. Alle waren mit anderen Dingen beschäftigt, mit den Kindchen aus dem Teich, auch wenn niemand das zugab. Alle fütterten gerade die Tiere oder taten irgendetwas. Marie setzte sich auf die Schwelle und wartete.

Marie kam erst nach den Kindern ins Dorf. Trotzdem sagten sie später, Marie habe damit zu tun. Niemand sprach es aus, aber alle dachten es laut. Als Marie kam, wurde es kälter. Wenige Grad nur, kaum jemand merkte den Unterschied, aber ich begann zu frieren. Obwohl ich auf die große Entfernung, von einem Ende der Dorfstraße zur anderen, nicht viel sah, war es leicht, sie mir vorzustellen: bleiche Wangen, ein wenig schräge Augen, langes Haar, zu einem Zopf gebunden. Und auch wenn sie ganz anders aussah im Tageslicht, brachte mich späterhin nichts dazu, mein Bild von ihr zu ändern. Sie war ein wenig magerer und sie trug hässliche Schuhe. Das ist auch schon alles.

Die Kindchen wurden einzeln begraben. Winzige Kuhlen in der Erde, eine neben der anderen. Darauf ein Kreuz und die Jahreszahl, ohne Namen, ohne Tag. Und namenlos sind wir alle und gehen alle dahin, so wie wir gekommen, murmelte der Pfarrer. Ein paar Jungen hockten mit angezogenen Knien auf der Friedhofsmauer und sahen zu, wie der Pfarrer eines nach dem anderen segnete und zurück in die feuchte Erde gab.

*

Der Schatten der Wolken des Wassers des Sees über den Wolken des Himmels des Dorfes über dem See. Darunter der Wald. Darüber die Wolken. Darüber der See. Ganz unten das Dorf und das Wasser und darin die Wolken, gespiegelt.

Bald zeigt sich eine weiße Frau auf der Mitte des Sees, bald ist sie unsichtbar und man hört aus der Tiefe ein Glockengeläut und ein Rauschen. Am Ende der Rauhnächte werden die Frauen des Dorfes Töpfe vor die Tür stellen. Die Kinder hocken mit angehaltenem Atem auf ihren Betten und horchen. Das macht man hier so, sagen sie, immer schon.

Dass Marie aussah wie die Tochter der Bibelleserin, das bemerkte man auf den ersten Blick. Auf den zweiten ähnelte sie ihr kaum. Trotzdem.

*

Das, was sie sagen:
Sie sagen, es gebe zwei von ihr. Marie sitzt mir gegenüber am Feuer und hat den Kopf gedreht, sodass ich ihr Gesicht nicht sehen kann. Ich habe ihr Milch gebracht. Einmal in der Woche bringe ich ihr einen Krug. Sie wartet auf die Mutter der Kinder, die sie umsorgt, und sortiert das Garn, näht Kleider. Wüsste ich es nicht besser, dann würde ich sagen, dass es kalt ist im Zimmer.

Meine Hände sind klamm, aber ihre Finger sind flink und sortieren die verfilzten Fäden. Die Flammen im Ofen zucken nicht, sie brennen sehr gerade, ohne Rauch. Vorhin, als ich an der Tür klopfte, hat sie die Scheite sortiert. Sie hat mit bloßen Händen ins Feuer gegriffen und das Holz umgeschichtet. Ich sehe keine Brandblasen auf ihrer Haut. Sie sagen: Im Dunkeln kommen die toten Kinder und besuchen sie. Marie schweigt und lächelt mir zu. Sie sagen: etwas ist nicht richtig mit ihr.

Das, was sie sagen:
Aber einen Koffer hatte sie dabei, das ist ein wenig zu fein für die Gegend. Eigentlich ist es nicht der Rede wert, aber sie schleppte sich so damit ab und es schien falsch zu sein, dass sie so etwas hatte und dann hierher kam, zum Arbeiten. Falsch auch, dass die Gemeinde sie bezahlte, damit sie sich um die Kinder kümmerte; die, die noch da waren. Doch im Grunde zahlten sie fast nichts, es war unnötig, darüber zu reden, aber immerhin: es reichte für ein Zimmer. Als Nächstes hatte sie eine unzüchtige Mutter, die durchgebrannt war, es konnte auch der Vater gewesen sein, so genau nahm man es nicht. Aber den Koffer, den hatte sie damals dabei. Sie sagen, es gebe einen Schatten, der ihr folgte, überall hin.

*

Das, was ich sage:
Wem gehört das Haus, frage ich sie. Einer guten Frau, sagt sie. Und wo bist du zu Hause? frage ich. Dort, wo ich nicht mehr bin, sagt sie und dreht den Kopf, sodass ich das Muttermal auf ihrer Wange sehen kann. Ein pechschwarzer Fleck, der sich von der Schläfe bis zum Kinn zieht. Und wie lange bleibst du hier? frage ich. Schnell dreht sie den Kopf. Bis es nichts mehr zu tun gibt für mich, antwortet Marie.

Wir gehen an den Teich. Sie geht an den Teich und ich folge ihr. Im Spiegelbild des Wassers ist ihr Gesicht makellos. Schneehimmel. Aber keine einzige Flocke. Vögel verlieren sich im Grau über uns.

*

Sie werden den Mädchen aus dem Dorf verbieten, dort zu baden. Sie werden ihnen die toten Kinder zeigen und sagen, dass es alles nichts nützt, dass das Wasser nicht heilt. Wenn Kinder heranwachsen, werden sie Menschen. Dann werden sie seltsam.

Sie werden sagen, dass der See bald zufriert und dass im Eis alle ungeborenen Kinder erfrieren werden mitsamt der Nixe, die sie dort bewacht. Sie werden etwas noch Schlimmeres erfinden müssen, denn die Mädchen werden sich trotzdem heimlich aus den Häusern stehlen und ihre nackten Fußspitzen ins Wasser tauchen und kichern. Sie werden flüsternd am Rand sitzen und auf die warten, die ihnen irgendwann einen Mann versprechen wird und gesunde Söhne. Wenn der See ein paar Wellen tut, weil ein Wasserläufer hinüberflitzt, werden die Mädchen vor Schreck aufspringen und durch die Wiesen zurück nach Hause rennen, im Dunklen mit nassen Füßen unter den Decken liegen und zittern. Sie werden warten und mit den Bauern vorliebnehmen, mit dem Metzger, dem Schreiner und dem Sattler, mit den Nachbarssöhnen und sogar mit dem Lehrer.

Wenn es nur endlich schneien würde, in diesem Jahr. Dann würde der Schnee alles zudecken. Dann wäre alles gut.

*

Die Mitte der Rauhnächte. Der Gasthof ist jeden Abend voll. Obwohl niemand aus Gotha gekommen war und niemand Fragen gestellt hatte, tranken alle und tanzten und warteten, dass doch noch einer käme.

Marie sah jeden Tag anders aus. Mal schimmerte ihr Haar golden, am nächsten Morgen schien es aus der Ferne rot gelockt, wenn sie mit einer Schar Kinder durchs Dorf lief, dabei das Kleinste auf dem Arm trug und die Älteren zur Schule schickte. Der Lehrer sah ihr vom Fenster aus nach. Abends humpelte sie, am nächsten Tag sprang sie den Weg hinab und ihr Lachen scheuchte die Vögel auf. Immer folgen ihr ein paar und flattern um sie herum, sagen sie und imitieren mit Handbewegungen die Tiere. Aber das einzige Mal, dass ich sie mit den Vögeln sah, war, als sie die Hennen rupfte und die Federn herumwirbelten wie Schnee. Es gibt zwei von ihnen, sagen sie, niemand kann so viel arbeiten und so aussehen dabei.

Marie war nicht schön. Sie war auch nicht hässlich. Manchmal erkannte ich sie nicht. Dann lief sie durchs Dorf und starrte auf den Boden oder ins Leere vor sich.

*

Einmal, ganz plötzlich, sprach sie mit mir. Es ist so, sagte Marie, dass ich nicht anders kann. Es gibt Tage, da wache ich auf und habe ein schwarzes

Gesicht, sagte sie, siehst du, so wie heute, aber ihre Wange war makellos weiß, bis auf das Muttermal. Dann lasse ich die Kinder alleine, sagte Marie, und liege in der Wiese still, wenn man sich nicht bewegt, dann sackt man auch nicht darin ein, und dann warte ich, dass alles um mich herum schwarz wird. Dann wieder ist alles gut. Es kann binnen weniger Minuten wechseln. Es ist ganz einfach, sagte Marie. Es ist eine Expedition, sagte ich und verstand.

Einmal, ich hatte die Milch auf dem Tisch in der Stube abgestellt und setzte mich ans Feuer, ging Marie kurz hinaus. Da öffnete ich ihren Koffer, der neben dem Herd stand. Er war leer. Ich weiß nicht, ob ich etwas anderes erwartet hatte.

In dieser Nacht brannte der Hof. Das war so, wie wenn ein Reiter in der Wiese verschwunden wäre oder die Kinder. Es ist noch schlimmer als die Kinder, sagen sie. Die Flammen waren meilenweit zu sehen. Tosende schwarze Wolken, die in den Nachthimmel aufstiegen. Die Tochter hatte einer fremden Alten zu essen gegeben. Die Frau war aus dem See gestiegen. Marie hatte alles gesehen. Der Bauer hatte die Tochter geschlagen und jetzt brannte der Hof. Aber auch das war ganz einfach:

Für die oben Angekommenen stellt sich heraus, dass es kein Oben gibt. Bäume fallen ständig. Und auch stirbt ab und zu ein Kalb bei der Geburt. Aber nicht alle Bäume und Tiere sind von Bedeutung. Man lernt zwischen Traum und Traum zu unterscheiden.

Am nächsten Morgen war Marie verschwunden. Das passt ja gut, sagen sie. Sie hat sich in den Teich gestürzt, sagen welche, der Wasserpegel ist gestiegen. Von wem sprecht ihr, es gab hier nie eine Marie, sagen andere.
Wahr ist aber, dass ich sie die Dorfstraße hinunter gehen sah. In der Ferne die Rauchwolken über den verkohlten Dachbalken. Sie lief mit durchgedrücktem Rücken, sehr langsam, ohne sich umzudrehen. So konnte ich das pechschwarze Mal nicht sehen, dass auf ihrer Wange immer weiter gewachsen war. Marie ging. Mit dem Koffer voller neuer Kleider in der Hand, die sie sich einzeln am Feuer genäht hatte. Und als Marie außer Sichtweite war, war die Luft plötzlich voller Federn. Schnee.

The Secret Grimm Files, Akte 24

Mein verehrter Sigurt,
wir danken für Ihre einsichtigen Überlegungen, die unsere bisherigen Vermutungen bestätigten, und die vorliegenden historischen Splitter in einen Zusammenhang setzen, der kaum mehr Zweifel an jener Vorlage lässt, die auf dem wahren Kern jener Urgestalt beruht, die einmal aus Fleisch und Knochen war. Schon Nicolas wusste um die bildhaften zwei Gesichter des Lebenstanzes[I], den alle Sterblichen zu sämtlichen Zeiten, an jedwelchen Orten vollführen. Dass die Literatur hier und da zwei aus einem Menschenkind macht, um Gut und Böse in Gut oder Böse zu vereinzeln, wer wüsste das besser als unsere versprengte Gemeinschaft? Doch sind Anfang und Ende nicht ebenso untrennbar verbunden wie Gold und Pech? Oder in unserem Fall wie Wissen und Handeln?
So werden wir jene Kenntnis archivieren, bis die Zeit reif ist für einen Schreibenden, der in Worte fasst, was Bilder bisher nur anzudeuten wagten.
Auf immer verbunden:

Elaphus

Post Scriptum:
Ich hoffe, Ihre kleine Nichte Anna Elisabeth ist wohlauf. Das kleine Streitgespräch im Garten des Hülsbusches hat, wie Sie sicher wissen, Tydonida mehr Vergnügen bereitet als so manche Diskussion mit Zeitgenossen, die sie als Kulturveradelte bezeichnet. Anna Elisabeths Lebensweg im Auge zu behalten ist zu einer Aufgabe geworden, von der Tydonida sich für unsere Belange viel erhofft. Und auch ich muss gestehen, für ein Kind, das derartige Schicksalsschläge zu bewältigen hat, verfügt sie über ein Potential, das gefördert werden sollte.

Anm. d. Hg.:
I) Siehe hierzu auch den Totentanz bei *Hinter dem Licht*

Gold, das / Pech, das *im Logen-Venimecum*

Zwei Seiten einer Medaille, doch ein Ausdruck, der beides miteinander vereint: schwarzes Gold[I]. Heutzutage mit Öl gleichgesetzt, bezeichnete es lange Zeit die Kohle. Eine besondere Symbiose geht die Glanzkohle ein, die den Übergang von Braun- zu Steinkohle charakterisiert. Ein "brennender Stein so leuchtend wie Gold" markierte Mitte des 16. Jh.s im Werra-Meißner-Kreis (nahe Kassel) den Beginn des Braunkohlebergbaus. Gefunden in einem Wasserlauf, der höchstwahrscheinlich in den Frau-Holle-Teich mündete.

Frau Holle, die *im Logen-Venimecum*

Mythologisch uneindeutig verweist ihr Name auf: 1) Hel: Die Göttin der Unterwelt, die vereinte, was nicht vereinbar scheint: Leben und Tod, Jugend und Alter. 2) Freya[II]: Göttin der Liebe, Fruchtbarkeit und Schönheit aber auch des Krieges, die sich mit Odin die Seelen der auf dem Feld Gefallenen teilte und auch mit ihm gemeinsam "die wilde Jagd" anführen konnte. Diese zog besonders in Rauhnächten übers Land. Kindern, in diesen längsten Winternächten geboren, wurde die Gabe zugesprochen, zu sehen, was anderen verborgen blieb.
Frau Holle ist als Spinnerin eine Schicksalsgöttin wie die griech. Moiren (o. röm. Parzen) u. als Wettergeist verantwortlich für Schnee, Winter aber auch Erneuerung. Ebenso ambivalent ist ihre Verbindung zu Kindern: Einigen Sagen nach bringt sie den Nachwuchs, doch nimmt sie ungetauft verstorbenen auch wieder mit in ihr Reich. Zwar ist die hohe Kindersterblichkeit bis ins 19 Jh. belegt. Bei Kindstötungen jedoch muss mit einer hohen Dunkelziffer gerechnet werden[III].

Frau Holle Gewässer, die *im Logen-Venimecum*

Angesiedelt sowohl 1) im brunnenreichen Thüringen als auch 2) in Hessen. Das dortige Stillgewässer (was auf eine geflutete Grube o. ä. verweist), ist Heimat des als Geburtshelferkröte bekannten Glockenfroschs (*Alytes obstetricans*). Dies könnte dazu geführt haben, dass an diesem See Frauen um Kinderreichtum baten aber auch ungewollte Kinder an die Göttin "zurückgaben".

Anm. d. Hg.:
I) Zum Thema Gold siehe auch *Wenn niemand es wüsste; Wer kann für böse Träume; Zweierlei Gold*
II) Siehe hierzu auch *Einen fremden Namen trage ich*
III) Siehe hierzu auch *Wenn niemand es wüßte*

Finn-Ole Heinrich

Maßnahmen gegen das Wachstum

Illustrationen Roland Brückner

Es rüttelt an der Tür, Schläge und Tritte. Eine Hexe schreit, ihr solle geöffnet werden, sie werde die Tür aufbrechen. Ich verstecke mich hinter dem Spiegel. Ich antworte nicht auf ihre Rufe. Aber wenn sie es in den Palast schafft, dann rettet mich kein Versteck der Welt, dann kann mich nur die Kette an meinem Fuß retten. Die Kette ist aus Eisen und Eisen, sagt der König, ist unzerstörbar. Sie müsste die Kette aus der Wand reißen oder meinen Fuß abnehmen. Ich weiß nicht, wie stark sie ist, wie groß, ich höre nur ihre Stimme. Sie klingt hell und nicht so schwer und stark wie die des Königs. Ich habe nie eine andere Stimme gehört. Die Hexe schlägt gegen die Palasttür, ich habe nie ein lauteres Geräusch gehört. Ich habe nie ein solches Geräusch gehört, der König öffnet die Tür leise und sanft.
Aufmachen, ruft die Hexe. Die Tür hält. Sie könne sehen, ruft die Hexe, dass das Haus bewohnt ist, sie könne sehen, dass Rauch aus dem Dach steigt. Ich zittere vor Angst, aber kurz muss ich grinsen, Hexen scheinen nicht besonders klug zu sein. Natürlich ist der Palast bewohnt.

Ich hatte Brüder, daran erinnere ich mich, sie lebten wohl um mich im Palast, es waren sechs. Ich sehe verschwommene Gesichter, wenn ich an sie denke, zähle Köpfe über mir. Münder, Haare, Ohren, das alles ist dumpf und verwischt. Sechs

verschwommene Gesichter, das sind sechs mal zwei Augen, die sehe ich klar. Sie betrachten mich. Es sind Umrisse von Wesen, die beschaffen sind wie der König und ich, sein Volk. Sie sind lange fort, was bleibt, ist das klare Bild ihrer Augen. Daran könnte ich sie noch heute erkennen, glaube ich, die Augen. Wenn ich sie wiedersähe, ich würde meine Brüder erkennen.
Manchmal stelle ich mir vor, sie seien einfach gegangen. Als hätten sie es hier nicht ausgehalten, vielleicht ist es ihnen zu eng geworden. Und da sie zu groß wuchsen für den Palast, sind sie aufgebrochen. Mutig oder dumm, vielleicht wussten sie nicht, dass draußen der Tod lauert. Hexen, die das Volk verzaubern und fressen wollen, Räuber, die Kinder rauben, Frauen schlachten, Männer verbrennen und laut lachen. Schwere Zeiten für den König. Vielleicht hatte er ihnen nicht davon erzählt, weil er sie nicht ängstigen wollte. Ich bin froh, um das zu wissen, was mir draußen droht.
Wenn sie überlebt haben, wie groß werden sie sein? Vielleicht so groß, dass ich auf ihre Hände klettern könnte. Sie würden mich hochheben und dann liefen wir mit palastgroßen Schritten. Was würde ich sehen? Hoch oben auf den Schultern eines so groß Gewachsenen? Was machen sie all die Zeit da draußen, allein gegen alle, während ich einen König habe und in doppelter Sicherheit lebe. Könnten sie sich an mich erinnern? Würden sie mich erkennen? Ihre Schwester, die sie zurückließen?
Die Brüderfantasie, knurrte der König und schüttelte den Kopf. Woher, wollte ich wissen, kommen diese Gestalten, die um meinen Käfig stehen? Sie winken und schlagen von außen fröhlich dagegen. Ihre Gesichter sind hell, die Haare dunkel. Sie sehen uns ähnlich, ein jeder anders, aber ähnlich. Brüder, raunte der König. Aber dann sprach er nicht weiter, so lange ich ihn auch fragte an diesem Tag, kein Wort.

Als der König den Spiegel brachte, bin ich erschrocken. Ich habe hineingesehen und mich verkrochen. Ein solcher Schrecken, dass ich schlafen musste und Tage damit verbrachte, den Spiegel von der Seite zu betrachten, mich ihm vorsichtig zu nähern, bevor ich den Mut fasste, noch einmal hineinzusehen. Über diese kindische Angst kann ich heute nur lachen. Der Spiegel ist mein liebstes Spielzeug, ich rede viel mit ihm. Ich sitze auf Kissen davor und sehe mir beim Wachsen zu. Der König hat mir ein kleines Döschen geschenkt, mit einer Creme darin, mit der ich meinen Mund rot malen kann, das mag der König. Er hat mir gezeigt, wie das geht. Dann bin ich sein Schwan mit dem roten Mund. Aber Schwäne singen nicht.

Und ich fragte den König wieder: Was sind das, Brüder? Und endlich erklärte der König es mir. Brüder seien nicht echt, Traumwesen, die zu jungen Mädchen kämen, ich brauchte keine Sorgen zu haben, die Brüder würden verschwinden mit der Zeit. Warum sehe ich sie?, fragte ich. Ich kenne nur Ihr Gesicht, mein König, und mein eigenes. Aber ich sehe diese anderen Gesichter, ich muss sie gesehen haben. Die Gesichter sind unscharf, aber fest. Ich kann sie nicht ändern, während alles, von dem ich nur durch Euch weiß, jeden Tag ein wenig anders aussieht. Die Augen meiner Brüder aber sind wie eingebrannt, Bilder, nicht von innen her erdacht und jeden Tag in anderer Gestalt, so wie es mit den Bäumen für mich ist, von denen Ihr erzählt. Die Bäume, in deren Kronen, wie Ihr sagt, die Vögel spazieren, sind mir mal große, runde Freunde, mal harte, kalte Gegner, gelähmte Gefahren, die nach uns griffen, wenn sie könnten. Mal sind sie mir wie Paläste, wenn Ihr sagt, sie sind das Heim der Vögel, mal denke ich sie wie alte Riesen aus weichem Stein, wenn Ihr die klein gebrochenen Holzarme der

Bäume in den Flammen auflöst. Sie sind nur Gedanken und ich kann doch unterscheiden ein Bild von einem Gedanken.
Der König lächelte, aber seine Augen waren traurig, du verstehst nur noch nicht, was die Fantasie alles kann. Er nahm mich zu sich und sagte, dass alle kleinen Mädchen von großen Brüdern träumten, von großen Brüdern, die sind wie ihre Väter, stark und voller Liebe. Weil kleine Mädchen heimlich wünschen, ein Bruder könnte ein Vater sein, wenn der König einmal nicht mehr ist. Ich antwortete, dass das nicht wahr sei. Ich wisse, dass meine Bilder echt seien. Da wurde der König zornig, er rief, ich solle sie mir aus dem Kopf schlagen, dann schmiss er die Tür zu und ließ sich tagelang nicht blicken, sodass ich fror und hungerte und ehrlich bereute, dass ich ihm Widerworte gegeben hatte.

Es muss eine lange Zeit her sein, viele Hundert und Tausend Tage und Nächte, dass der König mich aus dem Schutzkäfig genommen hat. Ich glaube, dass der zu eng geworden ist, dass ich zu groß gewachsen bin, auch wenn der König das bestreitet. Ich denke manchmal, ich bin anders, als ich sein sollte, anders, als der König mich gedacht hat. Ich sollte, wenn ich heute so auf den Käfig hinabsehe, ganz sicher nicht so viel wachsen. Ich kann mich an die Zeit im Käfig nicht erinnern, vielleicht bin ich dort entstanden. Auch von dem Moment, in dem der König mich aus dem Käfig genommen hat, habe ich keine Bilder. Aber ich sehe meine Brüder. Sie bewegen sich frei durch den Palast, ich betrachte sie dabei durch ein Gitter. Ich denke, der Käfig könnte der Grund dafür sein, dass ich noch hier bin. Heute sitze ich darauf wie auf einem Schemel. Ich würde nicht zur Hälfte mehr hineinpassen. Wie klein ich einmal gewesen sein muss.

YES
NO

Erst sagte der König, Brüder seien Träume. Dann hieß es, Räuber seien in den Palast gedrungen und hätten sie geraubt. Vielleicht leben sie, sagte der König, irgendwo unter Fremden, in Knechtschaft oder als Gefangene. Vielleicht ruhen sie verteilt auf die Bäuche einer hungrigen Räuberbande. Sie sind zu groß gewachsen, das ist es, was ich glaube. Und der König konnte sie nicht länger schützen, es war nicht genug Platz für sie. Er konnte ihr Wachstum nicht stoppen. Es ist wie bei mir, der König will es mir nicht sagen, er will nicht, dass ich mich ängstige. Aber ich spüre es.

Es war in der kalten Zeit, wenn der König mit dem würzigen Holz den Palast heizte, damit ich nicht erfror. Irgendein Tag, irgendein Morgen, der König hockte vor dem Fensterchen, in dem die Flammen tanzten, ich sah auf seinen Rücken und meine Stimme sprach wie von selbst von der Sorge, immer weiter zu wachsen. Der König lächelte und sagte, keiner werde größer als der König. Ich fragte, wie er sich da sicher sein könne. Ich wachse, immer schon, warum sollte es aufhören? Ich habe dem König gesagt, dass ich Angst hätte, eines Tages zu groß für den Palast zu sein. Ich wollte wissen, was wir dann täten, wohin dann mit mir? Müsste ich nach draußen?
Ich hatte Maßnahmen gegen das Wachstum erdacht. Und davon erzählte ich dem König am nächsten Morgen. Er legte Holz in den knuspernden, heißen Ofenmund, als ich ihn bat, mir kein Essen mehr zu geben. Denn ich glaubte, mein Essen sei für das Wachstum verantwortlich, es schien mir die einzige Erklärung zu sein. Ich sagte dem König, ich ertrüge lieber die Schmerzen im Bauch, als zu groß für den Palast zu werden, aber der König hat mich nur gestreichelt und gelacht und gesagt, auf den Käfig komme es an, wie groß einer werde.

Und keiner werde überhaupt je größer als der König. Ich will dem König gerne glauben, ich will es sehr. Ich will niemals fort von hier, ich habe dem König nach der Liebe geschworen, dass ich immer bei ihm bleiben will. Ich habe es versprochen und ich will es halten, wie man es mit Versprechen eben tut.

Als der König wiederkam, einige Zeit nachdem ich ihm widersprochen hatte, erklärte er es mir – was Brüder und Schwestern sind, was ein Volk ist. Er sagte, dass der König sein Volk erschaffe, er Vater dieses Volkes sei, er für seine Kinder sorge, alles für sie täte. Und das Volk müsse dem König folgen, der sie unter Anstrengungen sicher durch die Welt leite und vor ihren Gefahren schütze. Er müsse draußen kämpfen, dafür sei das Volk dem König zu Dank verpflichtet und müsse ihm Gefallen erweisen. Es sei ein Geben und Nehmen, ein wundersames Geflecht aus Vertrauen und Liebe zwischen dem König und seinen Kindern, einzigartig in der Geschichte der Welt, unbekannt unter den Tieren, unvorstellbar unter den Räubern und Hexen. Nur die Vögel, die in Schwärmen flögen, ihren Kindern Nester bauten, nur sie würden neben uns das Prinzip der Familie kennen. Und der Schwan sei der König der Vögel, das sagte der König und leckte meinen roten Mund.

Einmal schenkte mir der König einen Drachen. Er hatte vier Beine und einen Schwanz, den er verlor, als ich ihn daran fassen wollte. Der Drache war graugrün, im Ganzen kaum länger als der untere Teil meines Armes und er hat sich wenig bewegt: Seine Zunge aber schnappte nach Insekten, so schnell, dass meine Augen es kaum sehen konnten. Wenn ich den Drachen betrachtete, fragte ich mich, ob er andere Bilder von der Welt habe als ich, weil seine Augen an den Seiten des Kopfes

angebracht waren und sich von unten nach oben schlossen. Der Drache hat nicht lange gelebt und egal, wie viele Fragen ich ihm stellte und was ich ihm berichtete, er sprach nicht, er wollte nicht oder er konnte nicht. Der König hat den Drachen gefüttert und gefragt, ob ich es sehe: wie viel wir dem Drachen auch gäben, er würde nicht größer. Auch ein Drache, sagte der König, das mächtigste Tier der Welt, wird nicht größer als sein Käfig, ein Körper spürt, wie groß er wachsen darf. Wenn wir den Drachen freiließen, nach draußen, dann würde er wachsen und wachsen, bis er größer sei als der Palast, er würde Feuer speien. Er hätte Flügel, würde fliegen können, sagte der König, dieser mickrige Wurm, er würde fliegen über unseren Köpfen, dass er auf uns hinabspucken könnte.

Ich nickte und wusste nicht, was das sei, fliegen. Der König sagte: Fliegen! Wie die Vögel! Ich zuckte die Schultern und der König nahm mich in den Arm und sagte: Natürlich!, dann streichelte er meinen Kopf. Er atmete langsam und erzählte mir, dass die Vögel, die ich am Morgen höre, mit denen ich so gerne singe, wenn der König nicht da ist, dass diese Vögel klein wie meine Hände seien, Wesen mit Federn, die in den Büschen und Bäumen wohnten, von Ast zu Ast flögen, von Wipfel zu Wipfel, die keine Angst kannten und auch keinen Käfig, weil sie in Sicherheit seien vor Räubern und Hexen, oben in der Luft. Ich wollte es nicht glauben, ich konnte es mir nicht vorstellen, dass die Rufe und Gesänge am Morgen und am Abend tatsächlich aus

kleinen Federwesen kommen, die ohne Kontakt zum Boden sich fortbewegen sollten, wie der König behauptet. Ich hatte mir Vögel ganz anders vorgestellt, nicht klein und rund, eher länglich und geschwungen, elegant und erhaben, mit ausladenden Schritten stolzierend, ein Mund wie ein umgekehrter Trichter, um die Töne laut und offen in die Welt zu lassen. So sahen meine Vögel aus.

Ich weigerte mich, sie mir anders vorzustellen, bis der König, mein Vater, mir Vögel brachte, tote, kleine Wesen mit essbaren Körpern. Dass diese winzigen Leiber, in denen keine Spannung zu fühlen war, deren Inneres schon bei sanftem Druck meiner Hände leise knackte, als bestünde es aus dünnen, langen Spänen trockenen Holzes, dass diese so andersartigen feinen Geschöpfe, tot, wie sie vor mir lagen, ausgebreitet auf dem hölzernen Boden, auf dem ich schlafe, ihre fingerlosen Ärmchen von sich gestreckt, fliegen sollten, das konnte ich nicht glauben. Ich bat sie, mir ihr Geheimnis zu verraten, wie man sich in die Lüfte erhöbe, um dort oben, im Himmel, wie der König den endlos endlosen Raum hinter dem Dach, über den Kronen der Bäume nennt, in Sicherheit zu sein vor den Schrecken der Welt, die hinter den schützenden Wänden des Palastes beginnen. Aber sie sprachen nicht, ihnen war kein Leben mehr gegeben und aus Wut und Neugier und um zu sehen, zu was sie in der Lage wären, warf ich die kleinen, stummen Federwesen durch den Palast und da sah ich, wie sie flogen, wenn auch nur für die Dauer eines Augenblicks. Sah, wie sie sich fortbewegten, ohne den Boden zu berühren. Ich hörte, wie sie aufschlugen an der Wand, ein dumpfes, kleines Klatschen, ein Knacken, Fall und Aufschlag. Ich spielte bis in die Dunkelheit hinein, das Spiel vom Flug, und dann packte mich die Wut, weil die Vogelwesen sich weigerten, mir

ihr Geheimnis preiszugeben, und ich spielte weiter, bis die Vögel weich und rot waren, ihre Federn ließen und an den Wänden des Palastes rote Flecken. Sie sollten mir erzählen von dort, wohin ich einmal würde fliehen müssen, falls mein Wachstum nicht enden würde, in diesen Raum, den der König endlos nennt. Und es ist dieser Gedanke, der in mir kratzt, der mich nicht schlafen lässt, selbst wenn ich vor Erschöpfung ausgebreitet auf dem Holz des Palastbodens liege und an das Dach starre, über das ich bald schon mit den Fingerspitzen werde streichen können: dass hinter dem Dach ein Raum kommen soll, der kein Dach mehr über sich hat. Wie um alles in der Welt soll das sein? Wie soll ein Vogel, ein so kleiner Wicht ohne Kraft und Stabilität, sich in einem solchen Raum nicht verlieren?
Als mein Atem wieder ruhiger wurde, in mir aber immer noch die Fragen sich im Kreise drehten, mein Schwindel nicht zur Ruhe kommen wollte, da fraß ich, was mir von den Vögeln geblieben war. Ich kaute den kalten, weichen Brei, die harten, spitzen Stellen darin, die zwischen meinen Zähnen knackten und das Fleisch in meinem Mund zerrissen. Ich leckte ihre rote Farbe von den Wänden, so wollte ich ihr Geheimnis in mich aufnehmen. Wie das ist, den Raum ohne Dach hinter dem Dach zu verstehen. Ich aß ihre kleinen, spitzen Münder, schluckte ihre winzigen Augen, zerbiss ihre Ärmchen, Beinchen, ihre Schädel, ich kaute diese geheimnisvollen, schweigenden Leiber der winzigen Wesen, die das Endlos kannten, in mich hinein. Aber kaum dass ich sie verschlungen hatte, überkam mich dieses Schauern. Ich spuckte die Vögel wieder aus mir hervor, rot und schleimig, in die Mitte des Palastes. Dann kam der Schlaf über mich und ich hatte nicht verstanden, was der König einen Himmel nennt.

Mein Vater erzählte mir gern von den Vögeln. Er erzählte, dass Schwäne die schönsten und größten und stolzesten Vögel seien, mit wunderschönen roten Lippen. Und dann lachte er ein wenig und mir wurde ganz warm, denn der König lachte selten – dabei sieht er so freundlich und zufrieden aus, wenn er lacht –, und er sagte, dass ich ein Schwan sei, eine junge Schwanenprinzessin. Die Majestät der Vögel, edel und mutig. Ich sei ein Vogel, sagte der König, der nicht fliegt und der nicht singt. Ich sei ein Schwan und Schwäne blieben stumm, ein Schwan singe erst, wenn er den Tod nahen fühle.

Da plötzlich, mit einem Knall, schlägt die Tür gegen die Innenseite der Wand und ich sehe den schwarzen Umriss der Hexe. Sie steht im Türrahmen, hinter ihr die Helligkeit. Es brennt mir in den Augen. Ich kann erkennen, dass sie einen Knüppel in der Hand hält. Sie ist allein. Zeigen Sie sich!, ruft sie laut. Sie atmet schnell. Ich bete ohne jedes Geräusch, dass die Hexe mich nicht entdeckt, dass der König kommt und sie erschlägt, ich bete, dass die Kette hält.
Ich sehe, wie die Hexe die Kette entdeckt, wie sie ihr mit dem Blick zur Wand folgt und von dort zum Spiegel, hinter dem ihr anderes Ende verschwindet, an meinem Fuß. Die Hexe macht einen Schritt auf mich zu, einen und noch einen. Bis sie seitlich vor dem Spiegel steht. Vielleicht ist auch die Hexe verwirrt, vielleicht hat auch die Hexe zuvor noch keinen Spiegel gesehen. Jetzt flüstert sie mit warmer Stimme: Zeig dich, ich werde dir nichts tun. Aber so sind Hexen, sie sagen einem, sie täten nichts, und dann treiben sie einem die Klauen ins Fleisch, sie schnurren und dann schlagen sie zu. Die Hexe biegt den Körper und sieht am Spiegel vorbei. Und als sie mich erblickt, da macht sie zwei Schritte zurück und hält sich beide Hände vor

den Mund. Oh, guter Gott, sagt sie, ein Kind! Und ich weiß nicht, was das soll, ob sie einen Zauber spricht, ich bewege mich nicht, ich bete, dass die Kette hält. Und ich denke plötzlich, wenn nicht, dann vielleicht, vielleicht werde ich meine Brüder wiedersehen. Das denke ich, schließe die Augen und versuche ihre verschwommenen Gesichter zu finden. Ich schreie nicht, singe nicht, rühre mich nicht. Mein armes Kind, sagt die Hexe und beugt sich zu mir, streckt die Hand aus nach mir. Wie heißt du, und ich weiche zurück vor ihrer Hand, wie lange hält man dich hier schon gefangen? Und beinahe muss ich wieder grinsen, trotz all der Angst in mir, Hexen – und mögen sie noch so mächtig sein – sind dumme Wesen. Sie versteht nicht, dass diese Kette mich schützt vor Raub und nicht fesselt wie eine Gefangene.
Kannst du sprechen, Kind?, fragt die Hexe. Sie sieht freundlich aus, aber das ist nur ein Trick, das weiß man von Hexen, eben noch kraulen sie deinen Kopf, dann beißen sie hinein. Sie gucken freundlich, dann saufen sie dein Blut. Ich hole Hilfe, ich komme wieder und dann bringen wir dich in Sicherheit!, sagt sie und ich beiße nach ihrer Hand, die mich am Arm berührt. Sie sieht mich ernst an und dann verschwindet sie. Ich spreche nicht mit Hexen.

Durch die offene Palasttür fällt die Helligkeit, ich krieche hinter dem Spiegel hervor. Das Brennen in den Augen lässt nach und ich sehe Gestalten im Draußen, die vollkommen ruhig den Palast umstehen. Hoch oben in ihren Köpfen, die weit über das Dach reichen, ist eine sanfte Bewegung, als würden sie sich aneinander reiben. Wer seid ihr, brülle ich, was tut ihr hier, wie lange schon steht ihr da? Aber sie geben keine Antwort. Die Kette reicht nicht bis zur Tür. Doch wenn ich mich auf den

Boden werfe und strecke, kann ich ein Stückchen durch den Türspalt schauen. Und als ich, auf dem Rücken liegend, zu den Köpfen der Geschöpfe blicke, sehe ich schnelle, kleine Bewegungen zwischen dem vielarmigen Tanz der fremden Köpfe oder Glieder und ich glaube, Vögel zu erkennen. Dann müssen die Wesen, die den Palast umstehen, Bäume sein und ihre Köpfe Wipfel oder Kronen, wie der König sie nennt. Und die Fläche dahinter, die mich in die Augen beißt, ist der Raum ohne Ende und Dach. Ich sehe den Himmel, denke ich und dann rufe ich nach dem König.

The Secret Grimm Files - Akte 49

Auszug einer unvollständigen Aktennotiz

... darunter Berichte über Experimente Friedrichs II., dessen naturwissenschaftlicher Ausrichtung u. a. das Verbot sog. Gottesurteile zu verdanken war. Doch sein Forschungsdrang stieß auch auf Abwehr und zog manche Verleumdung nach sich. So überliefern die Fragmente des italienischen Chronisten Salimbene von Parma nicht nur ein leicht befremdliches Experiment mit zwei Erwachsenen, mit Hilfe dessen der Kaiser herausfinden wollte, wie die Verdauungstätigkeit einzuschätzen sei. Auch halten sich Behauptungen, Friedrich habe nicht vor Säuglingen als Versuchskaninchen Halt gemacht: Um die "Ursprache" des Menschen zu entdecken, habe er Neugeborene separiert, mit denen nicht gesprochen werden durfte.

Dass Kinder Sprache und "angemessenes Verhalten" erlernten, war schon nach mittelalterlichem Dafürhalten vor allem der Nachahmung Anderer zu verdanken. Doch auch dem Spiegel wurde eine bedeutende Rolle zugeschrieben. Eine These, die später Eingang in die Verhaltensforschung fand: Die Fähigkeit, in einem scheinbaren Gegenüber sich selbst zu erkennen, markiert einen wesentlichen Schritt in der Entwicklung[I].

Unzweifelhaft haben jene angeblichen Versuche über die Jahrhunderte Nachfolger gefunden, die ihren moralisch eher zweifelhaften Experimenten zumeist im Geheimen nachgingen - wie laut Legende ein deutscher Landesherr des 18. Jh.s, der begeistert war von der Falkenjagd und den Ausführungen Friedrichs II. über Aufzucht und Training der Vögel. Betrachtete der Kaiser in seinem lange als Standardwerk geltenden *De arte venandi cum avibus* doch die Arbeit mit Jagdvögeln als Symbol des idealen Herrschens: Ein guter Falkner war auch ein guter König. Eine Aussage, die zu sehr weitreichenden Interpretationen führte. In speziell erbauten Unterständen und Hütten soll damals moralisch fragwürdigen Forschungen nachgegangen worden sein. Ein Nachweis konnte nie erbracht werden.

Anm. d. Hg.:
I) Zur mythologischen Bedeutung des Spiegels siehe auch The Secret Grimm Files - Akte 53 zu *Einen fremden Namen trage ich*

Schwan, der *im Logen-Venimecum*

Anmutiger Vogel, der seit Urzeiten die Fantasie des Menschen anregt u. mythologisch[I] stark aufgeladen ist: Der Wagen des Sonnengottes Helios wird von Schwänen gezogen, Zeus verführt Leda in der Gestalt eines Schwanes. Schwäne galten und gelten als Symbol der Reinheit, aber auch des Hochmuts. *Das hässliche Entlein* stammt dagegen von Hans Christian Andersen wie auch *Die wilden Schwäne*. Obwohl letzteres erst nach den *Kinder- und Hausmärchen* publiziert wurde und ebenfalls von einer Prinzessin handelt, die durch jahrelanges Schweigen ihre Brüder retten kann, haben die Grimms den Dänen nie des Plagiats bezichtigt.

Lippenstift, der *im Logen-Venimecum*

Zwar erst im 20. Jh. ein unverzichtbares Accessoire für die Handtasche, färbten sich bereits die Sumerinnen 3500 v. Chr. ihre Lippen rot. Auch die Ägypterinnen, Babylonierinnen und Inderinnen wussten die Lippenkosmetik zu schätzen. Somit ist der Lippenstift einer der ältesten Schönheitstricks der Weiblichkeit. Die Rezepte für die Zusammensetzung der Farben, meist bestehend aus Pflanzensäften, waren in der Antike gut gehütete Geheimnisse. Bei den Griechen war das Färben der Lippen zeitweise verpönt - da in direkte Verbindung mit leichten Mädchen gebracht. Im Europa des 16. Jh.s glaubte man indes, dass Frauen, die sich die Lippen bemalten, Hexen seien, die die Männer damit verzaubern und zur Heirat zwingen wollten. Doch gab es auch Befürworter, die geradezu einen Fetisch entwickelten. Wie so oft ging es hierbei um das Spiel der Macht.

Sechse an der Zahl *im Logen-Venimecum*

1) In der Mathematik die kleinste der vollkommenen Zahlen, da die Summe all ihrer Teiler: 1+2+3=6. 2) Das Hexagramm: Ein nach sechs Seiten strahlender Stern, der u. a. die Vergöttlichung des Menschen symbolisiert. 3) Als 666 die Zahl des Teufels und damit des Bösen und seiner Anhänger. 4) Mythologisch und in Märchen wird die Vollkommenheit erst mit der Zahl 7 erreicht.[II] (6 Brüder, die durch ihre eine Schwester erlöst werden.)

Anm. d. Hg.:
I) Auch in der deutschen Mythologie spielen Vögel/Schwäne eine große Rolle, siehe ebenfalls: *Einen fremden Namen trage ich* und *Zweierlei Gold*
II) Siehe hierzu auch *Die Rache der Fliegen*

Tobias O. Meißner
& Melanie Stumm

Waldeslust

Illustrationen Stefanie Klück

Rrracketiklack. Klacketirrrack. Rrracketiklack. Etwas Metallisches klang durchs Gehölz. Ein Schleifen und Ziehen. Wie Ketten, die rasselten, sich um ein Zahnrad wanden und eine schwere Last bewegten. Rrracketiklack. Klacketirrrack. Schlagartig war wieder Stille.
„Hast du das eben gehört?“, fragte der Mann.
„Nein, nichts“, entgegnete die Frau ungeduldig, Schweißperlen glitzerten auf ihrer Stirn.
„Doch, da ist es wieder. Meinst du, sie sind es schon?“
„Ach Unfug, so bald können sie es nicht schaffen. Schwatze nicht, sondern arbeite!“
Rrracketiklack. Klacketirrrack.
„Oh, jetzt habe ich es auch gehört. Da! Weh, die Katze, das weiße Biest, sitzt noch auf unserem Dach!“
Der Mann ließ die Kurbel los und stürzte zum Giebel, der schon fast im Boden verschwunden war: „Husch, husch, hinfort mit dir!“
„Miau!“, beklagte sich die Katze und sprang davon. Schamlos zeigte sie dabei ihr rosafarbenes Hinterteil.
Abermals setzte sich die Kette in Gang, die beiden Eheleute kurbelten und kurbelten. Endlich war ihr Häuschen im Erdboden verschwunden, moosbewachsene Falltüren hatten sich mit einem Dröhnen darüber geschlossen.
Hinter den ziehenden Wolken, dem kahlen Geäst, schien der Mond jetzt auf Insektenbeinen entlangzukrabbeln, ein

prall leuchtender Spinnenleib. Die Frau reckte sich und rieb die schmerzenden Glieder. Doch auf einmal schrie sie auf und zeigte mit dem Finger auf einige Kiesel, die im blassen Licht verräterisch aufschimmerten: „Schau nur, Mann, was ist das?"
Er begriff sofort: „Die Kinder! Sie haben sich eine Spur gelegt. Schlau sind die geworden in all der Zeit."
Die Frau fackelte nicht lang: „Wir müssen abbrechen. Beeile dich! Die beiden können jeden Augenblick zurück sein!"
Rrracketiklack. Klacketirrrack. Erneut drang das Rasseln der Ketten durch die Nacht. Und am Ende stand dort wieder die alte Hütte, ganz arm und krumm. Erschöpft gingen die Eheleute hinein und legten sich schlafen. Kurz darauf schon klopfte es an der Tür. Tatsächlich, die Kinder hatten, früher als lieb, nach Hause gefunden und jammerten sehr.
Nicht lange danach unternahmen die Eheleute einen weiteren Versuch. Diesmal jedoch hatte die Frau in der Nacht vorsorglich alles verriegelt, damit der Junge sich nicht wieder hinaus zu den Kieseln schlich.
Sobald also der Vater die Kinder in den Wald gebracht hatte, machten er und seine Frau sich fahl beschienen in der Dunkelheit erneut ans Werk. Rrracketiklack. Klacketirrrack. Schon fiel die Falltür mit dumpfem Schlag über der Hütte zu. Im selben Moment aber hatte sich, nur einige Schritt entfernt, ein Haus erhoben, zehnmal so groß.
Und was für ein Gebäude! Das Mondlicht beschien klassische Erker, griechische Säulen und römische Balkone aus feinstem Buttergebäck und Marzipan sowie Dachziegel aus Borkenschokolade. Ach, wie glitzerten die Fenster, denn durchzogen waren sie von buntem Naschornament! Vorne schwang sich eine breite Krokanttreppe zum Portal hinauf.

Rinnsale waren in den vom Zuckerwerk durchwirkten Geländern eingelassen. Darin entlang troff goldner Honig, unten in Becken aufgefangen. In deren Mitte wiederum erhoben sich zierliche Blumen und ihr kristallbrauner Glanz verriet, dass man sie aus Karamell gehärtet hatte.
„Vollbracht ist es!“, rief der Mann und tätschelte vor Erregung das Gesäß seiner Frau. Statt den Gatten jedoch zurechtzuweisen, lüpfte die nur schamlos ihren Rock, machte einen koketten Hüftschwung und klatschte in die Hände: „Lass das Täubchen als Zeichen auffliegen! Aber dann schnell, schnell, wir wollen gut vorbereitet sein, wenn die Ersten eintreffen! Ihre Ungeduld wächst und wächst durch den dicken Wald, das spüre ich.“
Die Treppe hinaufeilend, begann sie in den vielen Lebkuchenlaternen rechts und links Lichter anzuzünden. Als dies erledigt war, schwang die Flügeltür auf, ganz aus Baiser und mit Süßwaren verziert. Hinein tanzte die Frau und von außen sah man, wie sich nach und nach die Fenster erhellten. Beglückt nickte ihr Gatte. Nicht lange, und sie würden sich endlich eingestellt haben. Er öffnete den Taubenkäfig und der weiße Vogel flog in die Nacht hinaus. Händereibend folgte der Mann dem Weibsbild nun ins Innere.
Sie hatte sich bereits umgezogen und blickte ihn erwartungsvoll an. Der pralle Busen, von einem Samtbändchen betont, wogte unter einem weißen Musselinkleid. Ganz in der Mode à la Grecque sah sie darin unanständig nackt aus. Der Mann konnte sich kaum noch beherrschen. Wie sie das nur immer schaffte, ihren verhärmten Gesichtsausdruck so schnell abzulegen – wollüstig biss die Frau in eine Madeleine, die so vollgesogen mit Pflaumenlikör war, dass der Hausdame dabei die Flüssigkeit den Mundwinkel hinabrann.

Der Mann bebte und wendete sich ab: „Ich gehe mich umziehen!“
„Ja, geh“, gurrte sie und der Musselin raschelte.
In eng anliegender Festkleidung trat er nach einer Weile wieder vor sie und die Frau zupfte ihm neckend den Backenbart. Sie ließen jedoch bald voneinander ab, um geschäftig durch die Halle zu huschen, um Stühle und Tische zurechtzurücken. Auf einmal jedoch hielten sie inne und horchten. Da kamen hastige Schritte die Krokanttreppe herauf! Die Glocke ertönte und der Hausherr durchmaß eilig die Räume zur Tür. Statt sie aber zu öffnen, benagte er nun lieber eine Drageerosette darin. Ein Loch erschien. Dort hindurch fragte er in verschwörerischem Ton: „Was verbirgt man besser vor dem eignen Kind, worüber flüstert bei Waldnacht der Wind?“
„Die Sünd‘, die Sünd‘ tut man nicht vor dem Kind! Über sie allein flüstert bei Waldnacht der Wind!“, kam es aufgeregt zurück.
Sofort öffnete sich die Tür und herein platzte eine Schar von Croupiers und Dienstleuten, die sich überall geflissentlich verstreuten. Jeder kannte seinen Platz, jeder wusste, was zu tun war: Zuerst wurde das Loch wieder mit Pfefferminzdragees ausgestopft, dann schafften die üppigen Dienstmägde eine Flut von Gebäck und Süßzeug aus der Vorratskammer herbei. Zwei Köche begannen kalte Köstlichkeiten sowie Käsespezialitäten auf Krustenbrottabletts anzurichten, während die Kellner edle Weine entkorkten, die Springbrunnen mit hautfarbenem Champagner befüllten und feine Spirituosen in Kristallzuckerkaraffen gossen. Der letzte Handschlag war kaum getan, als lautes Getrappel draußen zu hören war.
Kutschen fuhren vor, eine nach der anderen. Leises Wispern und Kichern kamen näher, darauf vernahm man ein

Knuspern und Knacken an der Baisertür. Der Hausherr trat abermals auf sie zu, knabberte ein neues Loch hinein und fragte: „Knusper, knusper, Knäuschen, wer knuspert an meinem Häuschen?“
Lachend erscholl es von draußen: „Windige, stürmische, himmlische Sünder – Luxuria und Gula verfallene Kinder!“
Schon schwangen die Flügeltüren auf. Vornehm zwar, aber von unbändiger Vergnügungssucht getrieben, ergossen sich die heiß ersehnten Herrschaften in die Hallen, platzierten sich an den Spieltischen oder stürzten sich sofort auf das Trüffel-, Torten- und Kuchen-Mobiliar.
„Faites vos jeux! Unser Flüster-Knusper-Kasino soll eure Spielwiese sein!“, schnurrte der Gastgeber, der wie ein rolliger Kater an den Tischen entlangstrich. Würfelzucker klackerte krümelnd in Waffelbechern, bunt mit Fabeltieren bedruckte Oblaten-Kartenblätter spreizten sich wie das Federkleid der Pfauen.
Als die erste Partie Rumkugelroulette damit endete, dass eine Dame ihr Busenbändchen löste und sich die Schokoladenjetons über das Dekolleté rieb, animierte das eine weitere, sich die Rumkugel gleich unters Kleid zu stecken. Ihr Gesicht glänzte dabei herausfordernd und natürlich ließen die Herren sich das nicht zweimal zeigen! Im Nu stürzten sie sich auf die Damen und begannen, nun hemmungsloser als zuvor,

zu naschen. Auch die Wirtsleute mischten sich unter das Treiben – wie die Sahne im Mousse aus weißer und brauner Chocolat, wie die kandierten Früchte der Cremes in den großen Schalen, in welchen bereits einige Gäste badeten.
Bald trugen die Damen nichts mehr als ihre Trikots in Rosé, die sie sonst immer mit durchsichtigem Musselin verdeckten. Lachen und wildes Seufzen, Schlecken und Schlürfen, aber auch Grunzen und Schmatzen schallten von überall her. Die Stimmung war ausgelassen und erreichte zusehends ihren Siedepunkt.
Da jedoch stürzte ein altes Weib herein, die Haare strähnig, voller Astwerk, die Augen gerötet, eine ihrer knotigen Brüste war unzüchtig, aber offensichtlich ungewollt entblößt. Sie musste ihre Kleidung wohl in der Hast an Gestrüpp und Dornen zerrissen haben: „Die Kinder, die Kinder! Sie haben das Vorratslager des Kasinos entdeckt!"
Da war guter Rat teuer, die auf delikateste Weise ineinander verbandelten Wirtsleute lösten sich betroffen und schauten betreten drein. Endlich kam ein an einer Zuckerstange lutschender Herr hinzu und brach das hilflose Schweigen:
„Dann jage ihnen Angst ein!"
„Aber wie, Herr?"
„Sage ihnen, dass du sie braten willst!"
„Mäste sie, röste sie und bringe sie uns knusprig her!", riefen die Gäste aufgeräumt.
Ein Zweiter, der aus einem Windbeutel Sahne schleckte, schmunzelte. Er schien zu dem ersten Redner zu gehören, seine kluge Gewandtheit ließ darauf schließen: „Ja, Bruder, Furcht soll ihnen eingeflößt werden. Damit erzieht man Kinderlein heutzutage am besten." Er lächelte sardonisch. „Natürlich muss das ganze Geschehen unter uns bleiben. Ich

habe da schon eine Idee, was man diesbezüglich verbreiten könnte. Wie“ – der sahneverschmierte Gelehrte wandte sich nun an die Gastgeber – „heißen denn die lieben Kinderlein?“ „Hans und Margarete, nach den Eltern“, lachten die Gäste, als die Hausherren nun doch besser schweigen wollten.
In den Köpfen der beiden gelehrten Gebrüder begann es zu rotieren, dem Roulettetisch mit der kreisenden Rumkugel nicht unähnlich, und so wurde aus dem unangenehm angebrochenen Abend doch noch ein überliefernswertes Ereignis.
Und nein, es ist natürlich nicht wahr, dass die Kinder jemals zum Verhungern ausgesetzt wurden. Sie sollten nur immer außer Hauses, um des allzu frivolen Treibens nicht ansichtig zu werden.
Und ja, es stimmt, dass die alte Lagerverwalterin bei einem Feuer ums Leben kam. Aber das war nur ein Unfall. Das Lager geriet in Brand, weil Margarete der Schreckensgeschichte zu sehr Glauben schenkte und um Hansens Leben fürchtete.
Und nein, die Episode mit der dramatischen Rückkehr der Kinder über ein „großes Wasser“ ist nur eine Ente der beiden Gelehrten. Es gibt weder Flüsse noch Seen in diesem Wald.
Und ja, mit dem Abbrennen des Vorratslagers war – was in dieser Nacht noch keiner wusste – das Ende der Ära des Flüster-Knusper-Kasinos gekommen. Bedauerlicherweise.
Denn gewagt, köstlich und kostbar ist es gewesen, so mitten im raunenden Tann.

Einzig die Waldhütten, die man als einsamer Wanderer manchmal noch zwischen Bäumen erspähen mag, sind ein letztes Überbleibsel solch märchenhaft geheimer Versammlungsorte.

22 18 29 7

The Secret Grimm Files - Akte 15

Spielsucht, die *im Logen-Venimecum*

Zu allen Jahrhunderten verfielen Menschen der Spielsucht. Tacitus beschreibt die Germanen schon im 1. Jh. n. Chr. als leidenschaftliche Spieler, die um Haus und Hof und sogar um ihre Freiheit würfelten. Darstellungen aus dem Dreißigjährigen Krieg zeigen Söldner, die auf der Oberfläche einer Trommel die Knobel rollen lassen, was auch metaphorisch zu verstehen ist. Das Motiv des Spiels mit dem Tod taucht in der Kunst immer wieder auf, wobei es entweder um den Tod des Spielers geht, oder dieser mit dem Tod um das Leben Dritter ringt[I)]. 1763 ermöglichte Friedrich II. die Zahlenlotterie in Preußen, die sich um 1800 durchsetzte, nährte sie doch die Hoffnung weniger Begütigter, sich aus den bescheidenen Verhältnissen zu befreien. Jedoch bereicherten sich eher Höflinge und Günstlinge der Könige an den Einnahmen, die dazu gedacht waren, das preußische Staatswesen finanziell zu stützen. In allen Epochen wurde erfolglos versucht, das Glücksspiel einzudämmen. Heute wird zwanghaftes Spielen von der Psychologie als Störung der Impulskontrolle eingeordnet und in eine Reihe mit Kleptomanie und Pyromanie gestellt.

Randnotiz eines unbekannten Logenmitglieds

Wer sich in einem Wald verirre, solle doch möglichst versuchen, stets dieselbe Richtung beizubehalten, riet René Descartes im 17. Jh.. Ein passender Ratschlag für einen berühmten Rationalisten. Doch auch wenn die meisten Wälder Mitteleuropas zu diesem Zeitpunkt weitestgehend nutzbar gemacht und von Forstleuten[II)] "betreut" wurden, so blieben sie doch auch mythisch aufgeladen - als geheimnisvolle, dunkle Orte, bevölkert von ebenso fantastischen wie gefährlichen Lebewesen[III)]. Nicht nur Räubern und anderen Gesetzeslosen boten sie einen guten Rückzugsort, sondern auch so manch bedrohter Tierart[IV)] und der ein oder anderen Geheimgesellschaft. Und so waren die Carbonari nicht die ersten, die ihre Versammlungen in gut versteckten Waldhütten abhielten.

Anm. d. Hg.:
I) Siehe hierzu auch *Hinter dem Licht*
II) Siehe hierzu auch *Nun und nimmermehr*
III) Siehe hierzu *Mit vollkommener Klarheit*
IV) Siehe hierzu *Zweierlei Gold*

Anja Schneider

Einen fremden Namen trage ich

Illustrationen Julia Friese

Wenn mein Blick den Spiegel trifft, sehe ich sie. Und bin doch ich. Nur einer nennt noch meinen richtigen Namen, manchmal hat er selbst für mich einen ungewöhnlichen Klang, als müsste ich mich erst erinnern. Bald wird niemand mehr ihn kennen, denn es geschah vor langer Zeit, manchmal weiß ich selbst nicht mehr, ob es so war. Oder ganz anders.
Es schneit, wie damals: Ich stand hier, wie jetzt, und sah ihr nach, froh, dass sie ging, aber damit war es nicht vorbei und auch für diesmal habe ich uns nur eine Atempause verschafft.
Der Wald hebt sich schwarz vom Weiß der Hügel ab, wenn es doch immer so einfach wäre. Die Kälte kriecht mir unter die Haut, um zu bleiben, die kahlen Äste der Bäume ächzen im Wind, als wollten sie sich losreißen, wer kann es ihnen verdenken, ich will auch nicht zuschauen bei dem, was kommt.
Das Land jenseits der Berge duckt sich schon unter dem Kreuz. Die es hochhalten sagen, sie bringen das Licht, und tatsächlich leuchten die Dörfer, die sich ihnen nicht beugen, weit in der Dunkelheit. Lange wird es nicht mehr dauern, das kann jeder erkennen, der will, dazu brauchen sie mich nicht. Aber sie wenden die Augen ab und sind überrascht, wenn eintritt, wogegen sie sich zu spät gewehrt haben. Die Zange schließt sich vielleicht nur langsam, die Luft wird sie uns trotzdem abschnüren.
Um zu sehen, was nicht so augenscheinlich ist, wollte der König mich. Und musste mich geraume Zeit beobachtet haben, zu gut lag der See im Hain der Alten verborgen, und außer dem, den

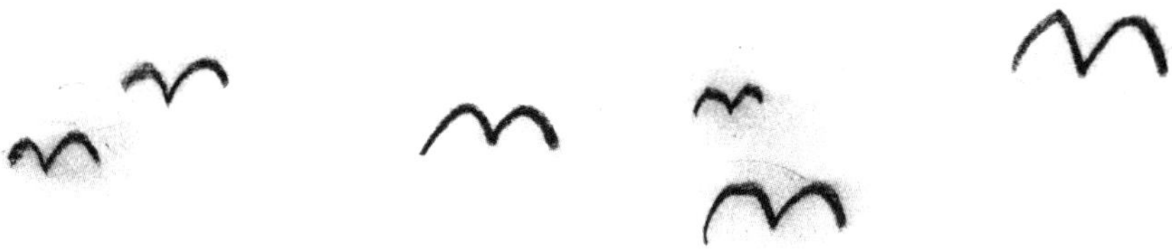

ich hier traf, kannte niemand meine andere Gestalt. Wie ich nur so blind sein konnte, das habe ich mich oft gefragt. Vielleicht, weil ich mit Besserem beschäftigt war: Zu lange hatten meine Arme ihn nicht gehalten, meine Fingerkuppen die kleinen Krähenfüße nicht gezählt, die sich in den Winkeln seiner Augen versteckten, weiß geblieben vom Blinzeln gegen die Sonne, nicht die kleine Narbe berührt, die seine Augenbraue durchschnitt. Bald sollte er eine größere haben. Ich hatte eben mein Kleid aus Federn abgestreift und tauchte in das schimmernde Grün. Blank wie ein Spiegel lag es da und ich sah nichts darin, außer dem Tag, der nicht schnell genug hatte kommen können, den See im See, Schilf, Bäume, darunter den Queckholder mit Beeren, dunkel und voller Leben wie seine Augen, mein Stück vom Himmel. Das Wasser rann mir kühl den Nacken hinab, ich genoss das Frösteln auf der bloßen Haut. Wieder diesen Körper spüren! Ich wandte mich um und lachte, weil er noch am Ufer stand, die Kälte scheute. Da sprang auch er und war fast bei mir, als der König mit seinem Gefolge aus dem Gehölz hervorbrach. Ein Schwarm Vögel flog erschrocken auf und legte seinen Schatten auf uns, erst jetzt merkte ich, wie seltsam still es gewesen war. Die Warnung kam zu spät. Unsere Blicke kreuzten sich, in dem des Königs sah ich mein gefiedertes Kleid am Ufer liegen. Auch Hraban, wie ich ihn bald nennen sollte, las die Absicht darin und nutzte den Moment, in dem der König ganz mit mir beschäftigt war. Behände glitt er durch das Schilf, die Halme raschelten nur sacht, schon umschlossen seine Finger mein Gewand. Der König war nicht dumm, er tat es nicht selbst, ein Zeichen genügte, dafür hasste ich ihn umso mehr: Eben als mein Kleid sich bauschte und federleicht aufstieg vor dem weiten Kobaltblau des Sommernachmittags, spießte ein Schwert es auf. Durch den, der es warf, hindurch.

Es ging so leicht. Sein Blick: ein Schrei.
Jetzt brauchte ich mich nicht länger zu fragen, wieso sie den Vertrauten des Königs den Jäger nannten.
Es dauerte nur einen Flügelschlag, meine Arme griffen immer noch ins Leere, zwei Federn, die sich aus dem Gewand gelöst hatten, tanzten schwerelos durch die Totenstille, sanken auf meine Hand herab, wo sie hingehörten, und klammerten sich fest, nutzlos geworden, bloße Erinnerung an das, was ich bis dahin war.
Ich gab keinen Laut von mir, auch nicht, als der König mein Kleid verbrennen ließ und von meinem Leben nichts blieb als Asche. Ihn wollten sie auch ins Feuer werfen, doch ich forderte ihn für mich, und weil der König an die Alten glaubte und ihre Rache fürchtete, gestand er mir das zu. Er konnte großzügig sein, hatte er doch, was er wollte. Gehüllt in seinen Mantel, den er über mich warf, da keiner sonst sehen sollte, was jetzt dem König gehörte, sammelte ich ein, was übrig war, und barg den Körper an der Wurzel des Machandelbaums, der ein zweites Leben versprach. Die Wunde nähte ich mit einem langen Dorn, deckte ihn mit weicher Erde zu und beugte mich herab, um ein letztes Mal seine Haut zu berühren, warm war sie noch. Ein Abschied, für ewig sollte er nicht sein: Mit einer der rußgeschwärzten Federn stach ich mir in den Finger, drei Tropfen Blut, vermischt mit seinem, so malte ich ihm den Todesvogel auf die Brust und zeigte ihm einen Fluchtweg, der für mich ab jetzt verschlossen blieb. Zu spät durchschaute der König mich, eigenhändig fällte er den Kranawitt, doch der Rabe saß schon in der Krone des Baumes und schrie ihm sein Verbrechen nach. Schmal und hart wurden die Augen des Königs und er legte einen Fluch auf uns.

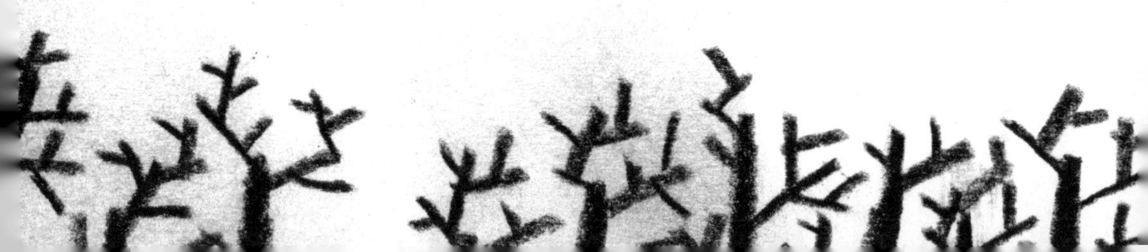

Nicht eher wird er seine Gestalt zurückerhalten, eh du die deine nicht wandelst.
Mit Blick auf die verkohlten Reste meines Federkleids glaubte er sich auf der sicheren Seite.
So kam ich an den Hof. Ich machte das Beste daraus. So ganz hab ich mich an die dunklen Kammern nie gewöhnt, so viel Pracht der König auch bemüht war zu entfalten. Am Anfang tat er es auch für mich, zumindest eine kleine Weile versuchte er mich zu gewinnen. Er ließ mir den Turm und den Spiegel so hängen, dass er mir die Welt zweimal zeigte und mein Blick hingehen konnte, wo er wollte, nicht aufgehalten wurde von den Mauern, die die Weite zerteilten, die ich zum Leben brauchte. Aber er warf auch mich zurück, ein Vogel ohne Flügel. Den Tag hinter mir, die Nacht vor mir, saß ich dort. Das vergaß ich dem König nie, den ich mir fernhielt mit Widerthon und, wenn es nötig war, ein wenig Schlafdorn. Doch was der König will, das will er ganz, und so schreckte er selbst vor einem Liebeszauber nicht zurück. Das vorauszusehen brauchte ich den Spiegel nicht. Vor der Macht der blauen Blume, die dich mögen lässt, was du nicht willst, schützte mich das

Vierblatt. Ich tauschte die Teller, ließ vorkosten, was ich aß. Es war ein Kräftemessen und eine Weile vertrieb es die Ödnis, doch schnell verlor ich die Lust daran. Ich wollte es beenden, allein er hatte erst genug, als ich statt der Kammerfrau, der er nicht abgeneigt gewesen wäre, alle in der Halle einen Bissen nehmen hieß, die um seine Anerkennung stritten: Von seinen Hunden bis hinauf zu seinen Ratgebern, dem Jäger gönnte ich ein besonders großes Stück. Der König hatte eine ereignisreiche Nacht und ich meine Ruhe und gelacht wie lange nicht. Wenn ich jetzt aus dem Schlaf geweckt wurde, dann weil der Mond auf mein Kissen fiel und nicht sein hungriger Blick.

Ich mochte das Alleinsein, zur Gesellschaft genügten mir der Spiegel und der Rabe. Im Bogen, hoch über allem, saß ich oft und wartete auf den leisen Schlag der Flügel, der ihn ankündigte. Hraban berichtete mir von der Welt, die er jetzt an meiner statt durchquerte und die so weit schon zu Kreuze kroch, nur Einem noch gehören sollte. Doch es gab genügend Widerstand, die aus dem Süden waren hinter die Berge zurückgedrängt.

Und dann kam sie. Ein langer Kampf war gewonnen, der König ganz berauscht davon, ich nicht, das ärgerte ihn. Aber auch wenn der frische Schnee die verdrehten Leiber und leeren Augen gnädig zudeckte und unter den Sonnenstrahlen, die sich durch die Wolken zwängten, aufleuchtete, als sei nichts gewesen, waren sie doch da. Glaubten sie an das, wofür sie starben? Das Zeichen, dem sie folgten, war ein Zeichen des Todes, jetzt des ihren.

Das wollte er nicht hören, es schmälerte seinen Sieg. Also schwieg ich, aber schon das war ihm zu beredt. Er brauchte mich, aber ich war ihm lästig geworden und das ließ er mich spüren.

Ich wünschte mir ein Mädchen, schön, wie dieser unberührte Schnee, mit Haaren so schwarz, wie deine es schon lange Zeit nicht mehr sind, und Lippen so rot und warm wie das Blut in ihren Adern, sodass es mich nicht vor Kälte schaudern muss, wenn ich sie berühre!

Der Spott sprang in meine Augen, sie hielten ihm den Spiegel vor. Das willst du, aber sie? Die Jahre hatten ihn schwer werden lassen und ihm lange vor mir Silberfäden ins Haar gewebt, seine Lippen waren müde, seine Hände für den Krieg gemacht.

Die Wut erstickte jedes Wort. Am liebsten hätte er mich vom Pferd geschlagen, trieb aber seines nur an, um von mir wegzukommen. Da trat sie ihm in den Weg. Der Zufall hatte sie nicht dorthin geführt, aber danach fragte er nicht. Sein Blick verlangte nach meinem, als er sie vor sich aufs Pferd hob, in seinem Lächeln saß der Hohn. Das ließ mich kalt, sie tat das nicht. Verschwendete Liebesmüh. Vom ersten Tag an trug sie den Kopf oben, das gefiel mir, das gefiel mir sehr, zu zweit hätten wir viel erreicht. Doch ihr war das gleich, sie wollte anderes.

Spiegel, Spiegel an der Wand,
wer ist Königin in diesem Land?
Noch seid Ihr die Herrin hier,
doch Snēofar will werden wie Ihr.

Ihre Blicke waren von Anfang an vergiftet, ihre Worte dosierte sie besser. Nie sprach sie offen gegen mich, nahm mich scheinbar in Schutz vor den bösen Zungen, die sie selbst in Gang gebracht hatte. Die Geschichten über mich, bald konnte ich sie nicht mehr zählen, es wurde zur Gewohnheit, mir so manches anzulasten. Verdorbenes Wasser, misslungene Ernten, Kinder, die vor der Zeit geholt wurden, so

war es einfacher auszuhalten. Die Künste, die ich beherrschte und die ihnen so oft genutzt hatten, hießen von jetzt an die dunklen Künste. Und als ich die drei sitzen sah und weben, an einem Rahmen aus verblichenen Knochen, der Schicksalsfaden aus Gedärm, der Kamm gebunden aus Schwertern, da gaben sie mir auch am Krieg die Schuld.
Es ist, wie es immer war. Weniger was geschieht, als wer es in Worte fasst, weckt den Hass, als würde dadurch erst heraufbeschworen, was nicht sein soll. Dem ein Gesicht zu geben macht vieles leichter, denn die im Namen des Einen die Hütten und Menschen in Fackeln verwandeln, wie oft hatten sie keines? Aber nicht ich habe den König umgebracht. Das war nicht nötig, ich sagte ihm nur nicht alles, was ich wusste. Man kann einen Kampf gewinnen und trotzdem sterben. Dass es durch die Hand seines Vertrauten geschah, absehbar. Dass es auf die gleiche Art geschah wie damals am See, eine stille Genugtuung für mich. Der Jäger und Snēofar trachteten schon lange nach dem Thron, aber das war jetzt mein Platz in der großen Halle. Den Mord konnte ich ihnen nicht beweisen, zudem kam er mir zupass. Doch den Hochverrat, den sie ableugneten, strafte ich mit Verbannung.
Bevor der Wald sie verschluckte, warf Snēofar einen Blick zurück – er trieb mich vor den Spiegel. Ich sah sie rasten im Hain der Alten und töten, die dort ihren Dienst versah. Mit einem Lächeln stach Snēofar dem Mädchen den Dolch in die Brust, das Herz pochte noch in ihrer Hand, als sie den Kopf wandte, fast war es, als schaute sie mich an. Sie war weiß und kalt wie der Schnee, rot wie das Blut, das von ihrer Hand tropfte, und schwarz wie der Rauch, den der Wind von dem schwelenden Körper fortwehte.
Ihr Plan ging auf. Als der Jäger mir das Herz für das Snēofars brachte, als Zeichen seiner Unschuld und Treue, machte mich das Volk verantwortlich für diese Grausamkeit, die ich nie

befohlen hatte. Ihn sprachen sie frei, war er doch meinen dunklen Mächten ausgeliefert, sein Wille gebrochen, das zeigte schon sein großer Schmerz. Ihn zu töten hätte alles nur verschlimmert, also ließ ich ihr das Augenpaar in meiner Nähe, so konnte ich lenken, was ihr zugetragen wurde.
In den Geschichten wurde Sneofar, was sie nie gewesen war, es ist leicht, jemanden zu lieben, der einem nicht mehr schaden kann. Und ich? Gehörte nicht zu ihnen, das zeigten schon die beiden Federn, die saßen, wo ein kleiner Finger sein sollte. Ich war immer noch die Fremde und das Fremde macht seit jeher Angst.
Spiegel, Spiegel an der Wand,
wer ist Königin in diesem Land?
Noch seid Ihr die Herrin hier,
Doch Snēofar hinter den sieben Bergen, bei den sieben Zwergen will werden wie Ihr.
Sie war zurückgekehrt, woher sie gekommen war, hatte sich mit dem großen König aus dem Süden verbunden und das kleine Volk, Herren über Eisen und Erz, auf ihre Seite gepresst. Ich musste wissen, was sie vorhatte, bevor sie handeln konnte. Also schickte ich den Raben mit einem kunstvoll gefertigten Kamm, der ihre Gedanken lesen sollte. Sie bedankte sich mit einem silber- und goldbestickten Gürtel. Meine Kammerfrau wollte ihn mir gleich umlegen, doch ich hielt sie davon ab. Sah sie nicht den Tod hineingewebt? Ich warf ihn ins Feuer, es wurde eng. Sie sammelten sich schon hinter den Bergen, ein Heer, es füllte den Horizont. Der große König wollte das Land, Snēofar den Thron, dafür schwor sie auch den Alten ab. Es würde das halbe Volk kosten, dabei hätte sie eine Brücke schlagen können zwischen dem, was war, und dem, was kommen würde. Wenn ich sie wäre. Aber ... Warum hatte ich das Offensichtliche

übersehen? Der Fluch des Königs barg die Lösung. Flüche sind tückisch, sehr genau musst du die Worte setzen, zu wankelmütig sind die Götter, zu vielfältig die Möglichkeiten.
In der Maske einer alten Bäuerin machte ich mich auf den Weg und bot Snēofar den Apfel an, der offenbart, was geschehen wird. Zu begierig war sie, ihr Schicksal zu erfahren, um zu begreifen, es würde sich erst so erfüllen. Wie erwartet hieß sie mich die andere Hälfte essen, Feinde hatte auch sie. Ich tat wie geheißen und beobachtete bang, wie ihre kleinen spitzen Zähne sich in das saftige Fleisch gruben und sie in Erwartung des Kommenden die Augen schloss. Der zweite Bissen folgte, ich tat es ihr gleich. Ein Flirren wie von Schwalben, die sich in das tiefe Blau fallen lassen und Himmel und Erde tauschen, stieg in meiner Kehle hoch. Der dritte Bissen, schon verschwammen die Konturen, lösten sich irisierend auf, wie unter gleißendem Licht, als sie die Augen aufriss. In ihnen standen ich und die Erkenntnis, sie ließ den Bissen in ihrer Kehle stocken. Ihre Hand schoss zum Hals, wie meine. Nein, das ... nicht jetzt! Nur einen Atemzug von meinem Ziel ...

Die Zeit

dämmerte

dahin.

Was wirklich geschah, kann ich nicht wissen und doch meine ich, mich zu erinnern. War es so oder malte ich diese Bilder hinterher, von dem, was sie mir erzählten und was ich glauben wollte? Aber es war, als spürte ich, wie sie mich auf eine Bahre legten, das Schaukeln, als sie mich trugen, eine lange Zeit, zum Glasberg. Also blieb das kleine Volk in seinem Innern dem alten Glauben treu. Doch nicht Dunkel erwartete mich, Licht drang durch meine geschlossenen Lider und wärmte

meine kalte Haut. Ich hörte das Klacken der Vogelkrallen und den heiseren Schrei des Raben, der mich nie verließ, selbst das Fallen der Blätter, die im Wind wisperten und kleine Schatten warfen auf meine reglosen Glieder. Hraban führte sie, lockte sie mit seinem heiseren Rufen tief in den schweigenden Wald, zum See, wo alles begonnen hatte. Aus der Wurzel des gefällten Machandelbaums war längst ein neuer entsprungen. Das Flattern des Raben ließ die Träger stolpern. Ich fiel mit dem gläsernen Sarg, den das kleine Volk für mich gemacht hatte, weil meine Haut zwar weiß und kalt wie Schnee, aber meine Lippen noch rot waren, der Tod mich nicht antasten wollte mit Verwesung und der schwarze Göttervogel über mich wachte. Er sprang in tausend Teile wie das Stück Apfel aus meinem Mund. Langsam setzte ich mich auf. Ich sah mich in den Wacholderaugen des Raben gespiegelt und erkannte mich nicht. Er schon. Er hob den Kopf, spreizte die Flügel, schüttelte das nachtblaue Gefieder ab und wurde wieder der, der er einmal war. Alle standen starr vor Staunen, ein Wunder am Platz der Alten. Mit Fingern, die mir noch nicht ganz gehorchen wollten, strich ich über das weiße Mal, das seine Brust querte. Wir hielten uns und wollten nicht mehr loslassen. Sie machten eine große Liebe daraus, die lange schon bestanden hatte, und aus ihm einen Prinzen von jenseits des Meeres, verwandelt durch den bösen Zauber einer eifersüchtigen Königin. Verwandelt hatte ich ihn, doch war es ein anderer gewesen, der ihm das Leben nicht gönnte. Eine große Liebe war es auch, nur meinte sie nicht ihn und sie, sondern ihn und mich. Mich meinte er auch, wenn seine Augen auf mir ruhten und hindurchsahen durch meine fremde Gestalt.

Unter ihrem Namen ging ich zurück und forderte den Thron für mich. Als sie mich in die Halle treten sah, stockte ihr der

Atem, sie hatte sich am Ziel geglaubt und herrschte mit grausamer Hand. Sie schrie, sie sei ich, ich sei sie, durch Zauber hätte ich ihr ihre Gestalt gestohlen. Die Wahrheit also, doch die Leute glauben, was sie wollen und was das Leben leichter macht.
Wer hätte gedacht, dass ihre wohl platzierten Pfeile einmal auf sie zurückfallen würden? Das Urteil, das sie gerne über mich gefällt hätte, nun wartete es auf sie. An dem Tag, an dem ich meine Hand in seine legte, sollte sie sich zu Tode tanzen, die glühenden Schuhe standen schon bereit. Doch ich ließ sie gehen, sie war frei. Dass sie nie zurückkehren würde, ahnte sie nicht. Aber ich hatte die wilde Jagd schon letzte Nacht mit den Wolken ziehen sehen, an der Spitze ein bleiches junges Mädchen, das eine zu kurze Zeit gelebt hatte und deren rachedurstigen Rufe mir die Haut zusammenzogen. Es würde in dieser mondlosen Nacht über den gleichgültigen Himmel fegen und herzlos alle mitreißen, die es auf ihrem Weg traf, das Todesheer war groß wie nie.
Diesmal wandte sie mein Gesicht nicht noch einmal um, froh, davongekommen zu sein, lief sie durch den Schnee auf den Wald zu. Glücklich – bis ans Ende ihrer Tage.

Ihr Name wird bleiben, meiner nicht, aber ich lebe.

Schwanenjungfrau, die *im Logen-Venimecum*

Weibliche Sagenfigur, die sowohl eine menschliche als auch die Gestalt eines Vogels[I] annehmen[II] konnte. Wem es gelang, sich ihres Federkleides zu bemächtigen, musste sie gehorchen. Auch als Himmelsmädchen bezeichnet, besaß sie einige begehrte Fähigkeiten, wie z. B. das zweite Gesicht, eine Gabe, die oft mit spiegelnden Objekten verbunden war.

Spiegel, der *im Logen-Venimecum*

Als Fenster oder gar Übergang von einer in die andere Welt wurde ihm die Fähigkeit zugesprochen, den Widerschein der Seele einzufangen. Als allererste Spiegel dürften Wasseroberflächen[III] gelten (wie z. B. jene von Stillgewässern[IV]), bevor polierte Metalle und später dann beschichtetes Glas einfachere Möglichkeiten boten. Letztere ebenso zerbrechlich wie bedenklich, wurde doch für den gewünschten Effekt nicht selten Quecksilber verwandt. Sowohl ein Zeichen von Eitelkeit als auch Klugheit, besaß der Spiegel von jeher besondere Bedeutung in der bildenden Kunst. Ebenso wurde er zur optischen Erweiterung und Täuschung eingesetzt - sowie als Mittler geheimnisvoller Informationen, die nur jenen ins Auge fallen, die danach suchen ...

Liebe Kollegen,
ich bin auf eine Spur gestoßen, die meine Vermutung bestärkt, dass Schneewittchen ursprünglich nicht die Tochter sondern die Geliebte des Königs war (der bei den Grimms fast gänzlich abwesend ist). Darauf verweist bereits der alternative Anfang des Märchens, der noch in der Urfassung der Kinder- und Hausmärchen enthalten war. Dies wirft ebenso ein neues Licht auf die Rolle der Königin. Ich vermute, die negative Umdeutung begann (wie die so vieler mythischer Frauenfiguren) zu Zeiten, in denen der alte Glaube abgelöst wurde durch den neuen. Womöglich thematisiert die Ursprungsgeschichte genau diesen Konflikt und lässt sich zu Zeiten Karls des Großen[V] verorten. Meines Erachtens kann die Herkunft des Namens auf das althochdeutsche Wort für schneeweiß zurückgeführt werden: Snēofaro.

<u>Anm. d. Hg.:</u>
I) Siehe hierzu auch *Maßnahmen gegen das Wachstum*
II) Zum Thema Gestaltwechsler siehe auch *Mit vollkommener Klarheit*; zum Thema Menschen in Tiergestalt siehe auch *Von gelben Rüben, Branntwein und fünfundsiebzig Hasensprüngen* und *Zweierlei Gold*
III) Siehe hierzu auch *Unter dem Wasser liegt der Himmel über der Stadt* und *Aufzeichnungen der Heinrike Voss*
IV) u. V) Siehe hierzu *Zweierlei Gold*

Sigrid Behrens

Aus den Aufzeichnungen der Heinrike Voss

Illustrationen Jan Bauer

1

Du seiest schön, mein Geliebter. So sagen sie hier, bei uns im Dorf. Du habest die ebenmäßigsten Züge des ganzen gottverdammten Reichs, du seiest sämtlicher Könige, Prinzen würdiger als jeder Sohn, den sie (die erbärmlichen Herrscher des Landes) jemals gezeugt hätten hienieden. Dass ich nicht lache. Du bist kein Prinz, gottlob. Du wirst nie einer werden. Du bist mein Geliebter und sollst es bleiben. Dein feines Gesicht, deine zärtlichen Hände, die Art, wie du deine Blicke senkst; dein Lachen, wenn du mich kommen siehst, die Wärme deiner aufrechten Brust: all das soll keiner anderen Frau als mir bestimmt sein, mir allein. Deine freundlichen Augen, weißt du, wie verwundbar sie sind? Du hast mir Treue geschworen, du weißt es. Du wirst mich betrügen, das weißt du nicht. Ich aber werde es verhindern. Ich will dich beschützen, du dummes Kind. Ich will dich für immer, für mich, allein.

2.

Ich habe dich hier an das Wasser gelockt. Du hast deinem perlenden Lachen gelauscht und deine hohe Stirn bewundert, den feinen Bogen deiner Wangen, das Strahlen der Zähne in deinem Mund, wie sie sich dort unten, im mondhellen Spiegel, in ihrer ganzen Schönheit zeigten. Ich will dich küssen, hast du gesagt und mir deine glänzenden Lippen gereicht. Und ich habe dir die meinen geschenkt, als Pfand für die Reise, die nun beginnt. Du hast dich, nichts ahnend, im Wasser verloren, mein liebstes Spielzeug, mein goldener Schatz. Du hast, den fassungslosen Blick mir zugewandt (dem verhangenen Mond), einen letzten Schrei in Blasen verpackt, bevor du den Grund des Weihers berührtest. Mein gütiges Lächeln dann, jenseits des Spiegels, vertrau mir, es wird dich für immer begleiten. Nur dort, im Abglanz der großen Bäume, wirst du auch künftig in Sicherheit sein. Ich sehe dich täglich, dein schönes Gesicht, das mir allein nicht verborgen bleibt; ich komme dich täglich aufs Neue besuchen, du bist nicht allein, das weißt du, nicht wahr.

3.
Auf dem Dorfe erzählt man sich Geschichten. Du seiest beim Jagen im dunklen Wald von wilden Tieren gerissen worden. Du habest den Weg in die große Stadt, zu anderen, schöneren Frauen gefunden. Ein fremder König habe dich vor allen anderen auserwählt, der Herrscher einer neuen Welt mitsamt einer besseren Ordnung zu sein. Sie tuscheln verhalten in meinem Rücken, sie scheuen sich nicht, wenn Markt ist, am Morgen, wilde Geschichten zu erfinden: über dich, dein Schicksal, und mich. Sobald ich jedoch meinen Blick nicht gesenkt (wie sonst doch: so scheu, dem Boden zu), sondern mutig in ihre Gesichter, ihnen, dem ganzen Dorf zu halte, dann ersterben ihre Stimmen und jeder schlägt furchtsam die Augen nieder. Die Wahrheit interessiert sie nicht. Sie haben Angst vor ihr wie vor mir.

4.

Ein Bote ist ins Dorf gekommen. Der Teich am Ende des dunklen Waldes, dort, wo der Weg von meinem Haus zu deinem führt: er sei gekippt. Wo sonst das Wasser so klar und rein ein Spiegel der Elemente war, da tue sich nun ein dunkles Loch von stinkender, alter Brühe auf. Jemand habe den Umfang gemessen, es sei erwiesen: das Dunkle wachse. Das Erdreich trage seine Wunde den Bäumen und dem Himmel zu, verpeste den Wald, den Weg und die Wiesen, breite sich aus, bedrohe das Dorf. Ich habe den Boten beiseitegenommen, kaum dass er das Dorf zum anderen Ende (am Markt und später am Wirtshaus vorbei) verlassen konnte, ahnungslos froh. Er wird seine Frau und seine fünf Kinder nicht wiedersehen, der arme Mann. Die Ohren all jener, die seinen Reden fassungslos lauschten und sich berieten, wer nachsehen sollte (das Dorf zu schützen): ich habe die Worte daraus entfernt. Was niemand gehört hat, vergisst sich schnell, so, wie man schnell das Gesicht eines Menschen, den man doch glaubte, gut zu kennen, vergisst, wenn man ihn nicht mehr sieht. Das Wasser des Seeleins ist wieder rein, der Spiegel so klar als wie zuvor. Jeder von ihnen, der versucht, einen Blick in seine Tiefen zu werfen, wird nur sich selbst zu sehen bekommen, verlässlich das eigene, dumme Gesicht.

5.

Heute Nacht ein wüster Traum: Ein Mädchen habe am Brunnen gesessen, ein Kind noch, ein junges, unreifes Ding, das weder Angst noch Misstrauen kennt. Saß es am Wasser und dachte an nichts, den Kopf voller harmloser, sinnloser Spiele, und sah durch den glänzenden Spiegel hindurch, sah dich, dort unten, im kühlen Grund, und sah dich so, wie nur ich dich sehe: und nicht dein hässliches Froschgesicht. Als ich am frühen Morgen erwache, in Schweiß gebadet, die Haare wild, blicke ich dankbar aus dem Fenster: Der Winter ist über das Land gekommen und hat jedes Wasser mit Eis bedeckt. Kein Mädchen betrachtet gefrorene Flächen, wenn es in Palästen spielen kann.

6.

Ich werde älter, und du nicht. Im Dorf hat man dich längst vergessen. Nur einer ist sich nicht zu schade, deinen Namen noch immer zu nennen, und nennt sich deinen letzten Freund, und hält dich (so sagt er) noch immer in Ehren. Du seiest nicht tot, spricht er Abend für Abend, wenn sie in der Schenke zu schweigen beginnen, dann, wenn es nichts mehr zu sagen gibt und der Wein seine lähmende Wirkung tut; ein Wesen, das allen nur Übel brächte (natürlich sei es eine Frau), habe dich zum Spielball gemacht, dich fortgeschafft, dich umgebracht, du seiest das Opfer feiger Gefühle, doch deine Seele sei unversehrt. Ach Heinrich, sagen die Männer dann, und greifen erschöpft nach ihrem Glas, Heinrich, was redest du denn da. Sie schenken ihm nach vom billigen Wein und warten, dass seine Zunge erschlafft, und am Morgen ist alles wieder vergessen.

7.

Ein neuer Sommer zieht über das Dorf. Wer kann, sucht den Schatten der großen Bäume, wer kann, verbringt seine Tage im Wald. Ich beneide dich um die Kühle, dort unten, ich wünschte, ich wäre jetzt immer bei dir. Wenn ich es dir sage, so glotzt du herauf, bist nicht bereit, deinen Grund zu verlassen; so komm doch, rufe ich dir zu, jetzt sei kein Frosch, doch du lässt dich nicht bitten: als sei es dir wirklich nicht mehr möglich, an Land zu kommen, an meine Brust. Manchmal, wenn ich dort bei dir sitze, den Blick durch die spiegelnde Fläche hindurch, manchmal frage ich mich (nicht dich), ob du von dort unten, aus deiner Tiefe, die alte Geliebte noch erkennst.

8.
Diesmal weiß ich, es ist wahr. Des Nachts schon dieser kühle Zug, der mir mit Macht durch die Glieder fuhr; am Morgen macht sich Gewissheit breit und nagt genüsslich an meinem Herzen. Ich eile zum Weiher, in den Wald, ich will dich, meinen Liebsten sehen, und weiß doch schon in meinem Lauf, dass du nicht auf mich warten wirst. Das Wasser ist hohl, ich sehe nur mich, mein altes, verlebtes Hexengesicht. Kein Wesen am Grunde dieses Gewässers, keines, das meine Augen sucht, nur ein paar Fische, die ahnungslos (wie schwärmerisch) ihre Kreise ziehen.

9.

Im Dorf wird nur über eines gesprochen: Des Königs jüngste, schönste Tochter, sein Lieblingskind, es sei vermählt. Der Auserwählte habe sich der hübschen Prinzessin würdig erwiesen, so sei es vom Hofe gemeldet worden, und das, obwohl der Prätendent kein Prinz, kein wahrer Königssohn, nicht einmal adligen Geschlechts, ein einfacher Mann aus dem Volke nur sei: ein dahergelaufener, bildschöner Mann. Die Mädchen im Dorf haben rote Wangen, wenn sie über das Ereignis sprechen; die Jungen schauen ihnen nach und üben es, freundliche Augen zu machen, damit, so heißt es, brächte man es sogar als Dorfjunge in Paläste. Morgen schon, sagen sie, sei es so weit: Dann wolle das Paar sein Volk begrüßen, bei einer Fahrt durch die Dörfer, das Land. Eine Kutsche sei bestellt, Freiwillige stünden bereit, den strahlenden Festzug zu begleiten. Auch Heinrich habe sich gemeldet, als einer der Ersten, erzählt man sich. Mit Tränen in seinen alten Augen habe er die Botschaft gehört, mein Freund, habe er leise gewimmert, mein Freund, und dem lieben Herrgott gedankt. Heinrich wird niemals den Festzug begleiten. Er wird mir helfen, mich zu rächen.

10.

Wie leicht es ist, gutgläubige Menschen von ihren Vorhaben abzubringen. Es reicht ein Blick, ein schneidendes Wort, schon haben sie all ihre Pläne vergessen. So stehe ich allein am Weg, als die Kutsche den nachtkühlen Wald verlässt. Und denke an sie, das dumme Kind, das dich in deiner Dunkelheit sah; denke daran, wie sie das Band, das dich an mich gebunden hat (all diese endlos langen Jahre, all dieser Zauber, dein glühender Hass) mit einem einzigen Blick zerschnitt, mit einer Geste, mehr brauchte es nicht. Und sehe dich dort, im geöffneten Fenster deines prunkvollen Gefährts, umflort von der frühen, der strahlenden Sonne, die junge Braut in deinem Arm: Noch schöner bist du als zuvor, ich wusste nicht, dass das möglich ist. Heinrich, rufst du zu mir herüber, mein Heinrich, und jubelst mir fröhlich zu. Selbst als ich mich neben den Kutscher setze, selbst als ich ihn heiße, den Bock zu verlassen, selbst dann noch strahlst du mich freundlich an. Na komm, rufst du, lass sie tanzen, die Pferde, und flieg uns durch das prächtige Land. Und ich greife wirklich nach der Peitsche, und treibe die wackeren Tiere an, es knallt, sie schnauben, die Leiber dampfen, schneller, rufst du, nur immer Galopp, bis ich in meinem breiten Rücken das Flehen deiner Braut vernehme, bis ich den Schrecken spüren kann, der dich und sie befallen hat, Heinrich, rufst du, hörst du das nicht, sachte, Heinrich, der Wagen bricht, aber nein, es ist zu laut, wild treibe ich die Pferde an, ich stürze uns jeden Hügel hinauf und jeden Abhang wieder hinunter, vertrau mir, rufe ich dir zu, ein letzter Blick in den Wagen zurück, vertrau mir, ich werde dich immer begleiten, ehe ich endlich von meinem Bock hinüber auf eines der Pferde springe, ehe sich sämtliche Leinen lösen, Geschirr und Beschläge zu Staub zerfallen, die Pferde scheuen, wiehern und schreien und fassungslos das Weite suchen und du, die freundlichen Augen geschlossen, in haltlosem Flug den Tiefen des Waldes entgegenfällst, schreckensstill, friedlich und schön.

Undatierter Brief, "Der Schütz ist tot!", Auszug

[...] des eisernen Fürsten Sohn, der Schütz, verstarb in der Woche vorm großen Ritt. Die Leute hier zerreißen sich das Maul. Der Abt soll Schuld sein, sagt man. Andere behaupten, es sei der Bruder gewesen, den es doch nicht mehr geben kann. Die Phantasie fliegt, doch Fakt ist, der sagenhafte Bogenschütze ist nicht mehr. Im See fand er sein Ende. Der Vater, nun ohne Thronfolger, soll drei Hufeisen zersprungen haben als er davon erfuhr. Gesprungen sind wohl eher die Türen zur Waffenkammer, Nahme und Brand schwingen ihre Knuten bald wieder übers Land ... [...]

vergessene Braut, die *im Logen-Venimecum*

Ländliche Umschreibung einer ältlichen Jungfer, die nie geheiratet hat, aber auch nicht ins Kloster eintrat. Das Gerücht, die Wendung bezeichne ursprünglich ausschließlich eine adlige Braut, die von ihrem Versprochenen verschmäht wurde, konnte nie ausreichend belegt werden. Zurückzuführen ist dieser sprechende Name vermutlich auf ein stets wiederkehrende Märchen- und Sagenmotiv: Das der vergessenen Versprechen, die - meist von scheinbar kleinerer Bedeutung - auch ein völliges Entschwinden der oder des Geliebten zur Folge haben. Diese Tests reichen von dem Verbot den Namen zu erfragen[I] bis zum Untersagen, Familienmitglieder zu umarmen. Letztendlich gehen sie alle auf eine Prüfung der Verlässlichkeit wie auch der Treue der oder des Geliebten zurück.

Anm. d. Hg.:

I) Dass mit der Kenntnis des Namens auch Macht über die dazugehörige Person ausgeübt werden kann, findet sich ebenfalls in *Rumpelstilzchen* der *Kinder- und Hausmärchen*. Vgl. dazu *Wenn niemand es wüßte*

Unvollständige Botschaft mit gebrochenem Siegel

... Hartnäckig behaupten die abergläubischen Weiber hier weiter, ein Spiegel[I] sei Teufelswerk und fange die Seelen ein. Alles Humbug! Doch seit dem Verschwinden der Königin wird der Aberglaube immer schlimmer. Der Spiegel sei ihr Hexenwerkzeug gewesen, sie habe dem Burschen damit den Kopf verdreht, ihm Zeichen gegeben, ihn auf ihr Lager gelockt - nur mit dem Spiegel! Nun ist sie fort, doch niemand glaubt, sie sei nur "auf dem Lande". Sie schmiede Rachepläne gegen den Gatten und den Sohn, heißt es. Noch mehr Humbug!

Rolle der Frau, die *im Logen-Venimecum*

Im MA. wurde der Platz der Frau vor allem durch Kirche u. Standeszugehörigkeit bestimmt. Finanziell wie rechtlich abhängig[II] waren Frauen dabei stets von Männern - ob Väter oder Gatten. Kinder wurden oft wenig beachtet, ihre Sterblichkeit war hoch. Diese Situation begann sich erst durch das "Konzept" der Mutterliebe u. der zunehmenden Alphabetisierung der Bevölkerung ab etwa 1800 zu ändern. Mit der Entdeckung der Kindheit[III] u. der stärkeren Trennung von Heim und Öffentlichkeit wurde die Rolle der Frau als Mutter, Erzieherin u. Herrin des Hauses immer wichtiger. Die Mutterrolle wurde verklärt, die Frau auf das Ideal der tugendhaften, selbstlosen u. liebevollen Hüterin von Heim u. Kindern beschränkt.

Weitere ihr in dieser Zeit zugeschriebenen Eigenschaften, die teilweise bis heute nachwirken, sind Emotionalität, Schwäche, Passivität.

Anm. d. Hg.:

I) Siehe auch *Einen fremden Namen trage ich*

II) Siehe auch *Am Wege*

III) Siehe auch Secret Grimm Files - Akte 51 zu *Nun und nimmermehr*

Tamara Bach

Nun und nimmermehr

Illustrationen Katinka Reetz

Jeden Abend vorm Einschlafen, wenn das Bett schon warm ist von meinem Körper, leg ich meinen Mund an das Ohr vom Fundevogel, jedes Mal erzähl ich dem Fundevogel, wie es zu uns, zu mir gekommen ist. Sag ich: „Vor langer Zeit, da war ich noch klein und du warst noch klein, da ging mein Vater durch den Wald wie jeden Tag, und da lag eine Frau unter einem Baum, da flog ein Vogel durch den Himmel obendrüber, und in dem Baum, da lagst du, wo dich der Vogel versteckt hatte. Da stieg mein Vater hinauf und fand dich, nahm dich in den Arm, nahm dich mit nach Hause, damit du mein Fundevogel sein kannst, damit ich nicht mehr allein bin hier im Wald. Und seitdem ist es Lehnchen und Fundevogel.“ Ich hör den Atem vom Fundevogel und weiß, es schläft noch nicht. Also flüster ich: „Verlässt du mich nicht, so verlass ich dich auch nicht.“ Und das Fundevogel atmet, atmet nie länger als drei Atemzüge, und sagt dann: „Nun und nimmermehr.“ Erst dann schläft es ein, und wenn es schläft, dann schlaf auch ich.

Die Köchin spricht nicht mit dem Fundevogel, „Lehnchen“, sagt sie, dabei steht das Fundevogel neben mir, „Lehnchen, geh hol Holz fürs Feuer.“ Und das tu ich, und das Fundevogel hilft mir dabei, da muss ich nicht mal fragen. Wie leicht alles geht zu zweit. Dein Lächeln, mein Fundevogel, du und ich. Der Vater ist im Wald und wird erst zum Abend wiederkommen.

Aber das ist nicht schlimm. Du und ich, wir sind zwei Kinder, wir vertreiben uns die Zeit. Erst die Pflichten der Köchin, dann das Spiel. „Sanne“, sag ich, „wir haben das Holz gebracht und am Kamin gestapelt, wir haben das Bett gemacht, die Stube gefegt. Wir haben Eier geholt und der Kuh Futter und Wasser gegeben.“
„Wir“, sagt Sanne und schnauft.
Wir warten, warten, dass sie uns noch weitere Aufgaben gibt, mein Fundevogel versteckt sich nicht, sucht keine Ausreden, sagt nicht, es sei schon müde, es müsste ruhen. „Du sollst mich nicht Sanne nennen“, sagt sie, „nenn mich Mutter“, sagt die Köchin. „Aber Mutter ist tot“, sag ich und das Fundevogel nickt, weil es weiß, wo sie begraben ist, weil ich es ihm gezeigt habe. „Da, schau“, hab ich gesagt, „da liegt meine Mutter, aber weil ich dich lieb hab und weil du doch niemanden hast, darf sie auch deine Mutter sein.“ Da war das Fundevogel glücklich, weil es jetzt auch eine Mutter hatte, aber war auch traurig, weil sie da unter der Erde lag. Und manchmal gehen wir zusammen zum Grab und sind ein wenig traurig zusammen, weil es eine Mutter gut brauchen könnte hier im Wald.
Die Köchin, die Sanne, die sagt, wir sollen sie Mutter nennen, aber das Fundevogel schüttelt den Kopf, und als sie sich umdreht, lehnt es sich zu mir, dass nur ich es höre, „Das da, das ist nicht unsere Mutter“, sagt es und hat recht.

Die Köchin sagt, dass es genug sei, dass ich nun raus darf, aber nur, wenn ich nach dem Essen auch meine zwei Seiten lese, meine zwei Seiten schreibe und zwei Seiten rechne. Aber bis Mittag ist Zeit. Wir gehen an den Waldrand, so weit, wie ich darf, dahin, wo ich noch rufen kann, wenn ein Bär, wenn ein Wolf, wenn ein Mann kommt und mich holen will.

Da hilft auch kein Reden, dass ich ja nicht allein bin, dass da ja das Fundevogel ist und wie stark es ist, nein, heißt es, sagt Vater, sagt die Köchin, dass ich zu hören habe. Und wenn ich rufe, wird's ja doch nur die Köchin hören.
Das Fundevogel will das Mutterspiel spielen.
Es wird Herbst, bald sind all die Blätter am Boden, schon sind sie rot und gelb, und es ist kälter, es windet. Es windet, es stürmt ein wenig, mein Fundevogel, halt mich ein bisschen fester, dass ich nicht wegfliege. Aber das Fundevogel bleibt stehen, sagt, es möchte das Mutterspiel spielen. Und fängt an: „Unsere Mutter ist wunderschön", und schaut mich an, nickt mir zu. Ich möchte lieber Sachen finden, aber gut, man muss teilen können, man muss das lernen, es kann nicht immer nur nach meinem Willen gehen. „Unsere Mutter ist wunderschön und so gut, dass sie immer ein freundliches Wort für alle hat, die es brauchen."
„Unsere Mutter ist wunderbar. Sie macht, dass alle Blumen schnell und schön und hoch wachsen. Niemand hat einen solchen Garten wie unsere Mutter."
„Unsere Mutter spricht mit Tieren und singt, dass man alles sonst vergisst, so schön singt sie."
Und da lächelt das Fundevogel, das lass ich ihm, das Fundevogel hat ja gar keine Mutter, war ja nur ein Kind in einem Baum, das mein Vater gefunden hat, aber es ist meins und wird mich nicht verlassen, nun und nimmermehr.

Der Vater kommt zurück aus dem Wald und sitzt am Tisch in der Küche. Die Köchin ist laut und aufgeregt, das hör ich. Ich leg den Finger an die Lippen, dass das Fundevogel ja still ist, und es nickt, da stehen wir unter dem Fenster, lauschen, was man nicht

darf, das ist hinterlistig und gemein, man lauscht nicht, aber wir sind zusammen, geteilte Schuld ist nicht so schlimm.
Wie laut sie ist, wie ein aufgeregter Vogel schnattert und zetert sie, und immer wieder „Das Kind!“.
Wir hören, wie der Vater sitzt, wie er seufzt, wie er sich den Bart zurechtstreicht, wie er sagt: „Was ist denn mit ihr?“
„Immer das Spielen. Und diese Flausen, dass sie immer noch von dem anderen redet. In ihrem Alter.“
„Sie ist ein Kind“, sagt der Vater.
„Andere in ihrem Alter sind schon verheiratet, müssen schon einen eigenen Hausstand beisammenhalten. Haben selbst schon Kinder. Und sie? Spielen will sie, wirres Zeug redet sie, das Kind ist nicht ...“
„Still!“, sagt der Vater und eine Hand landet laut auf dem Tisch. Da ist sie still, denn der Vater kann der Köchin Sanne befehlen.
„Dass sie mich immer noch nicht Mutter nennen mag“, sagt sie irgendwann.
Wir lauschen und lauschen, aber es ist leise da oben hinter dem Fenster. Das Fundevogel ist nicht groß genug, klein ist es, kann selbst im Stehen nicht über das Fensterbrett in die Küche schauen, schauen, was da geschieht. Leise ist es. Wir warten, irgendwann wird sie uns reinrufen.

Das Fundevogel rechnet gut, rechnet besser als ich und sagt mir die Aufgaben vor, sagt mir die Lösungen ein, dass ich alles nur noch aufschreiben muss. Lesen kann es nicht so gut wie ich, deswegen les ich ihm vor, was da steht, lese ihm vom Königsvater vor und seinen Vorfahren, und ist doch nur eine lange Reihe von Namen und Kriegen mit Schlachten. Das mag das Fundevogel nicht, aber das sind die zwei Seiten, die ich lesen muss, dann Schreiben. Ich schreib von dem Pferd vom Vater, dem

Fuchs, wie es auf die Welt gekommen ist, wie ich damals im Stall gestanden hab, zugeschaut, wie es aus der Stute rausgehangen hat mit den dünnen Beinchen, wie der Vater es dann gegriffen hat, es rausgezogen hat, wie ich es trocken gerieben hab mit dem Stroh, und das erste Stehen, wacklig.
„Schreib von der Mutter", sagt das Fundevogel.
„Das Mutterspiel haben wir heute schon gespielt."
„Nein", sagt es, „Von der Mutter vom Fuchs."
Also schreib ich, dass die Mutter vom Fuchs eine schöne Stute war, die der Vater schon hatte, als er selbst noch ein Junge war, dass er auf der Stute, der Lotte, das Reiten gelernt hat. „Und dann schreib, wie sie gestorben ist", sagt das Fundevogel und zeigt aufs Papier.
„Nein", sag ich.

„Schau, zwei Seiten, fast schon drei. Mehr brauch ich nicht“, sag ich und leg die Feder auf den Tisch.

Der Vater streicht mir über den Kopf, dann setz ich mich an den Tisch. Die Köchin wirft mir einen Blick zu, dass ich wieder aufstehe, dass ich den Topf zum Tisch trage, dass ich das Brot hole, dem Vater hinlege, dass er es schneiden kann. Wir beten. Das Fundevogel ist nicht hungrig und steht neben mir, schaut mir über die Schulter auf den Teller. Sagt, dass es dann noch rausgeht, dass es sich mit dem Fuchs unterhalten will, der ist so allein im Stall. Ich nicke. Bei Tisch spricht nur das Fundevogel nach dem Gebet.

Der Vater wischt sich den Mund ab, den Bart zurecht, die Köchin gibt ihm noch einen Becher Wein. Er schaut zu mir, sagt: „Morgen reit ich zum Herrn, Bericht erstatten über Gut und Wald.“
Ich frag ihn, wann er wiederkommt. „In drei Tagen“, sagt er.
Ich schaue auf den Tisch, wische mit meiner Hand die Krumen an meinem Platz zusammen.
„Und du, mein Lehnchen, musst mir versprechen, der Sanne zu gehorchen, wenn ich weg bin. Wirst du das tun?“
Ich nicke. Und schaue hoch vom Tisch, da sehe ich die Sanne, die Köchin, wie sie am Herd steht und mich anstarrt, muss gar nichts sagen, braucht nur diesen Blick. Wehe. Wag es.
Der Vater steht auf vom Tisch, morgen wird er in aller Frühe, noch vor Sonnenaufgang, losreiten. Er gibt mir einen Kuss auf die Stirn, dann geht er schlafen. Adieu.
Dann gibt es Aufgaben, die ich allein verrichten muss, weil das Fundevogel noch im Stall beim Fuchs ist, weil ich es nicht holen kann, dass es mir hilft. Das Geschirr muss gespült werden,

der Tisch abgewischt, die Küche gefegt. Und auch dann ist die Arbeit noch nicht getan. „Komm, Kind", sagt die Sanne und gibt mir einen Eimer in die Hand, „hilf Wasser holen."
Wir gehen zum Brunnen eins ums andere Mal, tragen volle Eimer zurück ins Haus und füllen damit den großen Kessel über der Feuerstelle. Viele Male braucht es, bis der Kessel auch nur zur Hälfte voll ist. Und ich frag die Sanne, was sie kochen wird, wofür wir all das Wasser brauchen.
Der Vater im Bett, das Fundevogel im Stall oder sonst wo, nicht hier, sagt sie, dass sie es mir nur erzählen kann, wenn ich auch verspreche, es niemandem zu verraten. Und ich bin eine Neugier, also verspreche ich es. Da sagt sie, dass sie morgen, wenn der Vater fortgeritten ist, das Feuer unter dem Kessel schüren will, bis es siedet, und dann das Fundevogel hineinwerfen und kochen will.
Mein Fundevogel kochen will. Die Köchin lacht, dann schickt sie mich zu Bett, sagt, schlafen soll ich, sagt, versprochen hab ich's, es niemandem zu sagen.
Im Bett liegt das Fundevogel und schläft schon tief und träumt.

Das Fundevogel weckt mich, weil es den Vater gehört hat. „Wo ist der Vater hin?", fragt es und ich reib mir die Augen. „Zum Herrn ist er geritten", sag ich und erinner und erinner auch, dass ich es der Sanne versprochen hab, aber ist doch mein Fundevogel und darf doch nicht, also sag ich: „Verlässt du mich nicht, so verlass ich dich auch nicht."
Und das Fundevogel antwortet: „Nun und nimmermehr."
Da erzähl ich ihm, was die Sanne vorhat, das Wasser, der Kessel, das Feuer, und wie sie mir das Versprechen abgenommen hat, wir müssen gehen, mein Fundevogel, still und heimlich müssen wir aufstehen, müssen uns ankleiden und rausschleichen, bevor

sie es merkt, müssen weglaufen, uns verstecken, damit dem Fundevogel kein Leid geschieht, damit es mich nicht verlassen kann. Und still und heimlich hinaus und weg vom Hof, hinter den Ställen entlang, durch die Wiese, die so hoch gewachsen ist, dass das Fundevogel kaum zu sehen, aber ich bin zu groß. Zum Wald hin. Da bleib ich stehen.
„Weiter?“, fragt es.
Aber ich darf nicht in den Wald, das hat der Vater gesagt, nicht tief in den Wald.
„Wir müssen weiter“, sagt das Fundevogel. Schaut, sagt, dass da die Knechte kommen, dass sie schon nach uns rufen. Meine Beine still und starr, verlässt du mich nicht, verlass mich nicht. Dich werden sie nicht finden, aber ich verlass dich nicht, mein Fundevogel. Es zieht mich ich zieh es in eine Rosenhecke, Dornen und Blätter, die zerkratzen mir Beine, Arme, Gesicht, reißen an meinen Kleidern, aber sind so dicht, dass sie uns nicht sehen können, und das Fundevogel hält mir seine Hand auf den Mund, dass ich still bin.
So still, dass die Knechte uns nicht hören, wie wir da kauern und versteckt sind, und diesmal ist es kein Spiel. Die Knechte finden uns nicht und laufen zurück zum Hof, rufen, dass sie mich nicht finden. Der Wald, „Weiter“, sagt das Fundevogel und wir laufen am Waldrand entlang weiter, da ist eine Kirche, da verstecken wir uns, und sie finden mich nicht, die Kirche, im Wald, da haben wir dich gefunden, mein Fundevogel, unter einem Baum lag eine Frau, und das Schreien der Köchin kann ich wohl bis hierher hören, „Findet das Kind!“, lag eine Frau, „Weiter“, sagst du, mein Fundevogel, nun und nimmermehr, und der Vater hat nach oben gezeigt, da war ein Vogel, „Schau nur nach oben, mein Lehnchen, siehst du den Vogel?“, und weiter den Wald entlang. Wohin, wohin? Und laufen, war

ein großer Baum und eine Frau hing darunter, lag darunter, „Schau nach oben und sag mir, was du siehst“, hat der Vater gesagt, der Baum, ein Vogel, „Schau nicht nach unten, schau nach oben!“, und mein Fundevogel und ich kommen an einen See. Weit sind wir gerannt, weit. Meine Beine werden schwer, der Atem geht zu schnell, wo sollen wir hin? Ich hör die Knechte aus dem Wald, tief im Wald suchen sie mich, da bin ich nicht, den Fundevogel und mich werden sie nie finden, hier ist ein See, da trink ich. Das Fundevogel lauscht. Hört nicht die Knechte, hört die Sanne, die Köchin, „Schnell“, sagt es, und da ist ein Baum, der Baum ist groß, darunter liegt keine Frau, schon ist das Fundevogel oben, dich hab ich mitgenommen, die Mutter haben wir liegen lassen, tief im Wald. Das Fundevogel sitzt oben im Baum, ist ein Vogel, und ich steig hinauf, ich hör sie schon kommen, in der Baumkrone ist mein Versteck. Du bist der Baum, ich bin der Vogel, du bist der Rosenstock und ich ein Röslein, du bist eine Kirche und ich die Krone darin, nun und nimmermehr. Die Köchin kommt, du bist ein See, ich bin eine Ente, den See will sie aussaufen, dass es dich nicht mehr gibt, runter da, vom Baum, vom See, sagt sie, und die Ente zieht sie ins Wasser, da ertrinkt die Hexe und die Kinder gehen zusammen nach Hause und sind herzlich froh. Und niemand kann sie trennen.

„Was hast du getan?“, fragt mein Fundevogel. „Was hast du nur getan?“

Am Waldrand ist ein See, da steht ein Baum, und in dem See ist eine ertrunken. Hat keiner gesehen, wie eine Ente sie ins Wasser gezogen hat, wie ein Lehnchen sie geschubst, gestoßen, unter Wasser gedrückt hat. „Verlässt du mich nicht, verlass ich dich auch nicht“, sag ich und halt das Fundevogel fest an der Hand, damit es mich nicht loslässt.

The Secret Grimm Files - Akte 51

Anonymer Briefentwurf, vermutlich um 1912

Verehrter B.,
zum großen Jubiläum von Grimms Märchen tat ich mich nach neuen Erkenntnissen zum Verbleib unserer fehlenden Akte sg1812 in Heidelberg und Berlin um und bin auf interessante Aufzeichnungen gestoßen. Wir sprachen schon öfter über das Thema Familie und Erziehung, das gerade um 1800 besondere Bedeutung gewann. "Erziehung" allerdings deutet bereits auf die zwei Seiten der Medaille hin, meint dies oft nicht nur fördern, sondern auch formen - doch nach welchem Bild und mit welchen Mitteln? Kinder lassen sich nicht unendlich biegen, sie brechen auch. Gerade dazu fand ich erst gestern einige wertvolle Fragmente. Mit dem Thema verbunden ist natürlich auch mein "Steckenpferd", die Rolle der Frau[I]. Wir wussten schon immer, dass Märchen ein Spiegel ihrer Zeit waren, doch wie weit die Veränderungen der Brüder gingen, erschließt sich mir erst jetzt: Augenfällig sind die Umdeutungen der Figuren, besonders der weiblichen. Meine Forschungen zeigen ein ganz neues Bild der vielen Hexen und bösen Stiefmütter. Finden Sie es nicht auch an der Zeit, dass das kleine wie große Publikum eine zweite Sicht auf die Dinge erhält? Doch dazu später mehr, meine erste Aufgabe wird sein, die in unseren Archiven lagernden einzelnen Dokumente in eine Ordnung zu bringen ...

Findelkind, das *im Logen-Venimecum*

Seit dem MA. verwendeter Begriff für ausgesetzte Kinder, die - da sie als rechtlos galten - von ihren Findern häufig als Arbeitskraft behalten oder als solche verkauft wurden - frei nach dem Motto "finders, keepers" (Wer es findet, darf es behalten), das angeblich auf ein Gesetz aus der Römerzeit zurückgeht. Allerdings ist die Grenze zum Kindsraub fließend. Ab dem 9. Jh. entstanden Findelhäuser (Vorläufer der Waisenhäuser), doch ranken sich auch viele Legenden um sog. "Wolfskinder"[II], die von wilden Tieren aufgezogen wurden. Ihre "animalische Sozialisierung" war angeblich auch an äußerlichen Merkmalen erkennbar, wie z. B. einem Pelz.
Berühmte ausgesetzte Kinder sind u.a. Kasper Hauser, der Philosoph u. Mathematiker Jean-Baptiste le Rond, (genannt D'Alembert) u. Oedipus - der wegen einer Prophezeiung ausgesetzt wurde, die sich so erst erfüllte.

Anm. d. Hg.:
I) Siehe auch die Akte 1 der Secret Grimm Files zu *Aus den Aufzeichnungen der Heinrike Voss*
II) Siehe hierzu auch die Akte 26 der Secret Grimm Files zu *Mit vollkommener Klarheit*

Noëmi Aubépine

Am Wege

Illustrationen Antje Drescher

Sie hatten dich so nötig, glaubten kaum mehr an ihr Glück, als du dich nach all den magren Jahren ankündigtest. Der Mond lief über den Himmel, acht Mal schwanger mit den Monaten, und währenddessen wurde dein Schicksal entschieden. So, wie sie glaubten, auch der Frieden.

Die Mutter hatte geduldig gehofft, so lang.
Dass du Gliederfüßlern, Wechselwarmen oder Lurchen des gesamten Königreichs das Leben kosten würdest, diese Vermutungen hinter vorgehaltener Hand verstummten, je härter der Winter wurde, und noch immer war das Fort der Feinde undurchdringbar, es fehlte an allem. Da schien ein solcher Tausch – auch wenn er magisch war – letztlich gerecht. Frieden fordert – wie die Magie – immer einen Preis. Doch was für ein Preis sollte das sein, wenn die Untertanen erfroren, weil außer dem bisschen Korn keine Nahrung mehr übrig war? Wer konnte schon nach den letzten Fischen angeln im zugefrorenen See, außer dem alten Ludowig, Gärtner deines Vaters, der alt hieß, es aber nicht war und ein Dreizehntes auf dem Weg hatte? Taube Fingerspitzen, Löcher in nebelhaftem Eis, das unter gebeugtem Knie zu Spinnennetzen zerbarst. Schläfrige Fischblütler, die Letzten ihrer Art, die dich und deine Kindeskinder mit schnappenden Mäulern an der gefrorenen Luft verfluchen wollten. Du ahntest nichts davon, kleine Raupe, die sich auswuchs, selbst später nicht. Wie auch.

„Flora? Was Ihr heute nicht lernt, lernt Ihr nimmermehr! Flora? Kommt heraus!“ Das Rufen entfernte sich, und zwei Ausreißer in dichten Hecken warfen einander einen siegreichen Blick zu. Eine weitere Flucht war gewonnen.
„Nimmermehr“, machte Zichoria den Hauslehrer tonlos nach und verzog ihr Mädchengesicht in einer Übertreibung des eifrigen, stets korrekten Primus. Flora verbiss sich das Lachen, den Blick festgefroren auf die Spielkameradin. Ein Moment Unachtsamkeit, und der nächste Umschwung wäre verpasst. Flora liebte Zichorias wechselhafte Mimik, die in Sekundenschnelle eine ganze Welt für sie aufschloss: einfältiger Frosch, prinzlicher Besuch, liebreizende Fee und Kobold in einem. Der Primus zögerte auf dem Weg zum dichten Wald und drehte ab, zurück ins Schloss. Zichoria grinste erfreut, das breite Gretel-im-Busch-Lächeln mit der Lücke vorne links, durch die sie so viel besser spucken konnte als Flora. Die hatte noch alle ihre Milchzähne, als wollten sie ihr verbissen die Kindheit bewahren. Dabei war sie drei Wochen älter als die andere und fünf Jahre, geheimnisvolle Monate, Tage von ihrer Vermählung entfernt. Flora war, seit sie denken konnte, versprochen – dem viel jüngeren, doch wie die Legenden besagten, kühnen Grafen und bald König von weither. Noch fast sechs Jahre.
Sechs Jahre, so glaubt eine Sechsjährige, sei ein Leben lang.

„Prinzessin Flora? Sputet Euch, was Ihr heute nicht lernt, werdet Ihr beim Ball missen!“
Aus dem Spiegel in ihrem Ankleidezimmer warf eine junge Dame Floras Blick zurück, undamenhaft mit neuem Kleid in einem Knicks versinkend, halb spöttisch, halb seufzend: „Mein Prinz!“

Zichoria knüpfte die Schärpe fest. Ihr Kopf erschien neben Floras Schulter wie ein zweiter. Eine Missgeburt waren sie, ein Tatzelwurm mit vier Augen, vier Schwingen und einem Herzen.

„Er wird mit keiner anderen tanzen wollen“, flüsterte es, so nahe an dem Prinzessinnen-Ohr, dass der Atemhauch warm unter die Haut kroch. „Warum auch, füreinander bestimmt seid ihr.“ Solange gewispert wurde, gelang es Flora nicht, Unmut herauszuhören. Oder Bedauern. Zichorias Gesicht war glatt wie ein Spiegel, in dem sie sich viel lieber ansah als in jenem vor ihr, der ihr die Wahrheit entgegenwarf.

Als wäre die von außen zu sehen! Flora hielt die Luft an. Das Bild gefror zu zitterndem Stillstand. Könnte sie nur vier Tage so stehen und die Zeit überlisten, das Schicksal. Mitten ins Gebüsch ihrer Kindheit zurückkehren, als noch ein ganzes Leben vor ihnen lag. Nur noch 312 Stunden bis zu ihrem Eröffnungstanz, sie hatte es errechnet. Die geladenen Gäste würden ihr zujubeln. Um Mitternacht wäre die Verlobung offiziell und die Hochzeit verkündet. Als sei dies etwas Überraschendes. Als hätte es etwas damit zu tun, was zwei Menschen wollen. Einer von beiden nicht einmal anwesend – eine Handschuhhochzeit, bei der ein Abgesandter den Platz einnahm.

Selbst an ihrem Vermählungstag hatte sie keine Möglichkeit, demjenigen, dem sie versprochen war, in die Augen zu sehen.

Zichorias Gesicht hinter ihr bewegte sich nicht.
Flora ließ die Luft aus ihren Lungen strömen. Es hatte nicht gereicht. „Noch drei Tage.“ Keine Reaktion. „Noch drei Mal die aufgehende Sonne.“ Zichoria nickte und wandte sich zum Fenster, den Blick hinaus in den Garten. Dann eben deutlicher. „Finde ich dich hier? Heute Nacht?“
„Wie Ihr wünscht, Prinzessin“, noch immer sah sie nicht auf. Das war es schließlich, was eine gute Zofe ausmachte. Immer zu Diensten, nie im Vordergrund. Ihr Vater hatte es ihr so oft vorgesagt. All die Jahre mit Flora im Wald, zwischen Wildblumen und aufgeblätterten Büchern, die sie sich mühsam entzifferten, während sie gleich waren, solange sie sich nicht bewegten.
„Für den Garten taugst du nicht.“ Selbst wenn sie nach einer Blume benannt war, sie brachte es nicht über sich, Äste zu schneiden. „Der Koch wollte dich nicht behalten.“ Da war sie neun gewesen, kurz nachdem die älteren Geschwister die Läuse mit nach Hause gebracht hatten. Die Haare raspelkurz, war sie von dem dicken Meister für einen verweichlichten Jungen gehalten worden. Aber wie konnte sie kleinen Wachteln den Hals umdrehen? Unter seiner Schlaghand war sie hindurchgetaucht und hinausgeflohen.
Floras Fingerspitzen auf ihrem Nacken. Dass sie sich nicht auch mit der Gartenschere die langen Locken gekappt hatte, war ein Kampf gewesen. Kichernd mitten im Kräuterbeet über Augentrost und herausgerissener Wegwarte, Zichorias Namensvetterinnen. Neben den scheu nickenden Jungfrauen, die Sternenhäupter zartgrün bekrönt. Die Geköpften hatten sie versteckt. Unter Floras Kissen.
„Das Einzige, worauf du hoffen kannst, ist ihre Dienerin zu werden. Vielleicht behält sie dich ... danach.“ Auch Zichorias Vater hatte es nicht aussprechen wollen, das Wort. Die Verehelichung,

die ein Tausch war, eine Geschäftsentscheidung, ein Kauf, ohne das Tauschobjekt je selbst begutachtet zu haben. „Wir können dich nicht länger durchfüttern. Der See trägt keine Fische mehr. Sei artig, unsichtbar und demütig."

Artig knickst sie, ihr Gesicht verschwindet hinter dem Prinzessinnenrücken und bleibt unsichtbar. Demütig läuft sie, ihre Herrin hinauszulassen. Vor fünf Jahren noch hatten sie, Erde im Gesicht, die Daumen gegen den Weißdorn gedrückt und aneinander.

Die Prinzessin geht, die zögernden Schritte leicht. Zichoria schließt die Holztür, bevor Flora die Treppe erreicht, und fährt mit den Fingerkuppen über kaum sichtbare Jahresringe. Es sind siebzehn. Drei mehr als sie selbst, vier mehr als Flora. Langsam spreizt sie ihre Finger. Keine Gärtnerinnen-, keine Küchenhände. Dienerinnenhände, die später die Schärpe wieder aufbinden werden, Knoten für Knoten, bis Flora aufatmet, das Kleid eine abgestreifte Haut auf dem Boden. Morgen würde sie es wieder plätten müssen und dabei unsichtbar lächeln. Ihr Daumen: rosa-weiß, als wäre er immer so gewesen, ungestochen. Sie lauscht.

Hört sie Floras Kleider die Treppe hinunterrascheln?

„Eine wahre Prinzessin, unsere zukünftige Königin tanzt geräuschlos und genauso schreitet sie auch", fordert der Tanzlehrer. Floras Entgegnung, „In dem Fall passe ich womöglich nicht", wird hinweggewedelt, in den einsetzenden Tönen der Instrumente zu sinnlosen Buchstaben zerrieben. Flora schließt die Augen und denkt daran, wie Zichoria und sie das Tanzen geübt haben damals, erfundene Schritte. Nicht einmal ihr hatte sie erzählt, wovon sie geträumt hatte, in der Nacht davor, als sie mit rasendem Herzen hochgeschreckt war. Mitten in das gespenstische Licht des Vollmondes hinein, während die Hand unter dem Kissen die geköpfte Zichorie zermalmte. Immer weiter hatte sich Zichoria vom Schloss entfernt auf dem verbotenen Weg, der am Ende des Waldes ins nächste Königreich führt. Floras Rufen war ein Vogelzwitschern gewesen, ein Blätterrauschen und Ästeknarren. Nichts, wonach man sich umdreht. Nichts, das Ungesagtes in Worte fasste.

„Macht Euch keine Gedanken, Hoheit, Ihr werdet Euch daran gewöhnen", die Stimme des Tanzlehrers ist beruhigend, er muss ihren Gesichtsausdruck missverstanden haben. Er erinnern Flora an die letzte Instruktion ihres Vaters: „Wichtiger als das Tanzen ist es, dem Prinzen eine gute Ehefrau zu sein." So sinkt sie in den Knicks, den sie gelernt hat, damit sie niemanden ansehen muss, und fragt sich, ob ihr zukünftiger Gemahl auch von jemand anderem träumt.

Wie das passieren konnte, fragen sie sich, die Wachen, der König, seine Frau und bald auch ihre Untertanen. Noch zwei Tage zum Fest, doch die Hauptakteurin fehlt. Im Weißdorn flattert zartes Gewebe wie Wünsche, die von Menschenhand nicht zu erfüllen sind.

Nur einer wundert sich nicht. Auch seine Tochter ist verschwunden, die Jüngste. Die, die keinen Ast krümmen und keinen Vogel rupfen kann. Er hofft, dass sie trotzdem nicht verhungern, das Fischen hat er ihr beigebracht. Und im Königreich hinter dem Wald dort sollen die Flüsse und Teiche noch Leben tragen. Ganz anders als hier, wo es versandet, wie zu einem hundertjährigen Schlaf, die Ochsen verhungern und die Spindeln stillstehen wie die Hoffnung.

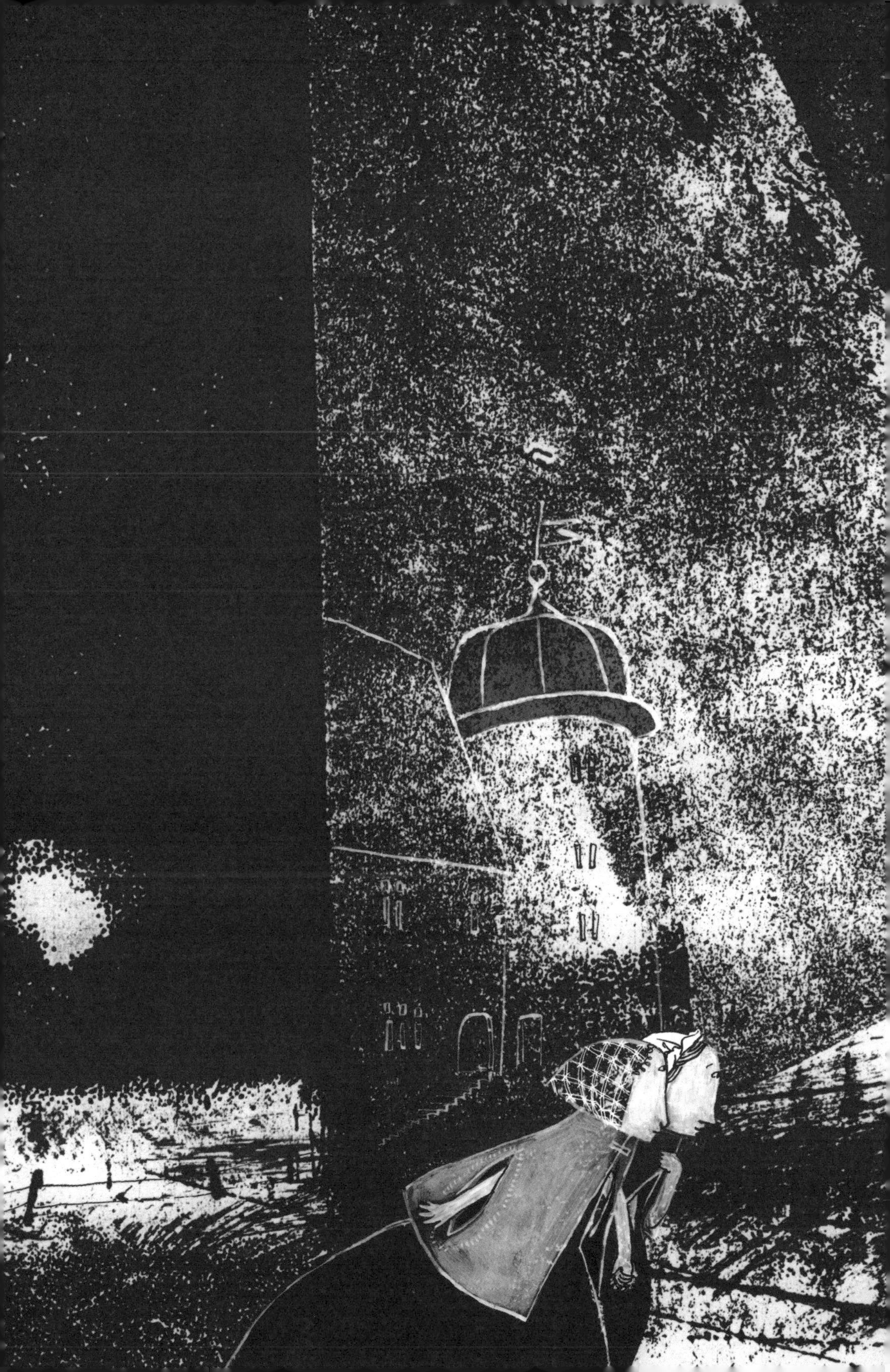

Zichorie, die *im Logen-Venimecum*

(Cichorium intybus), auch gemeine Wegwarte genannt; eine Pflanze, die auf Weiden und Äckern ebenso zu Hause ist wie an Straßen und Wegen. Sie siedelt u. a. in sog. Trittpflanzengesellschaften, ist also als ausdauernd und wehrhaft zu bezeichnen. Zu ihrer Familie gehören die Rohkostsalate *Chicorée* und *Radicchio*. Die Zichorie wurde nicht nur bereits seit dem MA. als Heilkraut gegen Fieber angewandt, ihr wurde ebenfalls eine Art Liebeszauber[I)] zugesprochen: Junge Frauen, die die Pflanze unter ihr Kopfkissen legten, träumten angeblich von ihrem Zukünftigen.

Handschuhehe, die *im Logen-Venimecum*

oder auch "Trauung per Stellvertreter", bezeichnet eine im 18. Jh. zulässige Form der Eheschließung, bei der einer der zu Vermählenden nicht persönlich anwesend war. Vor allem bei Trauungen, die auf Grund politischer Allianzen geschlossen wurden, war diese Vorgehensweise nicht unüblich. Zumeist betraf es Frauen, die im Beisein von Stellvertretern mit abwesenden Ehemännern vermählt wurden, von denen sich ihre Familien ein Bündnis[II)] wirtschaftlicher oder politischer Art erhofften.

Zwillinge, die *im Logen-Venimecum*

unterlagen im MA. dem seltsamen Verdacht, ihre Mutter habe mit mehreren Männern verkehrt. Nicht selten wurde daher eines der Kinder ausgesetzt. Während Dornröschens Vorläuferin Thalia in Giambattista Basiles[III)] *Sonne und Mond und Thalia* unwissend und im Schlaf Zwillinge empfängt, fehlt dieses Thema in der Grimmschen Version. Dafür ist es dort Rapunzel[IV)] die mit ihren (ebenfalls unehelichen) Zwillingen von Frau Gothel in die Wüste verbannt wird. Eine Geburt, von der in Basiles Vorgängerversion *Petrosinella* noch nicht die Rede ist, als der Hauptfigur am Ende des Märchens zusammen mit dem Prinzen die Flucht gelingt.

Anm. d. Hg.:

I), III) u. VI) Siehe auch *Bericht, gefunden in einem Kästchen, das sich im Bauch eines Bären befand*

II) Zu anderen erzwungenen oder unerwünschten Verbindungen siehe auch: *Wenn niemand es wüsste* u. *Die Rache der Fliegen*

Beiblatt
zu den Akten The Secret Grimm Files 1/50

Frösche,

die ebenso wie Kröten und Unken zu der Ordnung der Froschlurche gehören, wurden vor dem 19. Jh. zur Familie der Schlangen gezählt. Diese galten, abgesehen von der christlichen Symbolik, als Sinnbild des Teuflischen, auch als Zeichen der Weisheit und als Glücksbringer. Darüber hinaus standen sie für werdendes Leben[I)]. Überraschenderweise spielen Froschlurche nur im Märchen eine ausgeprägte Rolle. Weder tauchen sie in erwähnenswertem Maß in der Heraldik auf, noch in der Kunst. Nicht einmal in den vielseitigen Abhandlungen über Hexerei finden sie ihren Platz, obwohl die toxischen Eigenschaften der Hautoberfläche einiger Arten sie dafür geradezu prädestinieren. Allerdings finden sich in unserem Logenarchiv mehrere Hinweise auf verschollene und noch existierende Fabeln und Sagen, in denen ihre Fähigkeit zum Gestaltwandeln[II)] (also zur Anpassung) und ihre Gabe des zweiten Gesichts beschrieben werden. Gemeinsam mit Spinnen und Schwalben gelten Frösche noch im heutigen Volksglauben als Wetterpropheten und damit Helfer der Landwirtschaft.

Anm. d. Hg.:
I) Siehe hierzu auch die Geburtshelferkröte der Akte 24 der Secret Grimm Files zu *Unter dem Wasser liegt der Himmel über der Stadt*
II) Siehe *Mit vollkommener Klarheit* u. *Einen fremden Namen trage ich*

Veronika Peters

Die Rache der Fliegen

Illustrationen Matthias Beckmann

Dass man aber der Fürstin mitteile, sie trage eines Vestiaren Frucht im Leibe, kann ob ihres Zustandes nicht ratsam sein. Man wird es überdies nicht gutheißen können, dem einfachen Volke kund werden zu lassen, von welch betrügerischem Hochstapler seines künftigen Fürsten Abstammung ist. Die Sache muss demnach dringend unter den wenigen Mitwissern verbleiben und im Zustande größter Geheimhaltung. Zudem gibt es Anzeichen dafür, die Fürstin könne dem Gatten neuerdings doch geneigt sein, was die Angelegenheit weitaus diffiziler machen würde, als ursprünglich gedacht. Uns scheint es daher ratsam, dem Kettelbach alles Weitere zu überlassen, einem Mann von edlem Geblüt und kühlem scharfem Verstand, der bereit ist, sich unserer Sache anzunehmen. Eile ist geboten und daher kann nicht länger Rücksicht auf … – hier waren mehrere Zeilen unkenntlich gemacht – *Sicherlich wird es mehr als betrüblich sein, den künftigen Erben des Hauses vaterlos zu sehen, aber man müsse in einer solchen Situation rasch und bar jeden Mitleids handeln, um den Erhalt …* – wieder einige Zeilen unkenntlich – *zu welchem der Kettelbach jedoch feierlich geschworen, sich mit seinem Leben für das Wohl und Ergehen der Fürstin sowie des …* – hier war das Papier abgerissen.

Sie legte die Hand auf mein vibrierendes Telefon und schob es sacht von mir weg. „Wir sollten sehr diskret operieren, wissen Sie“, sagte die Frau, deren Ähnlichkeit mit der neuen Postbotin, die ich in der letzten Woche im Hausflur getroffen hatte, so groß war, dass ich im ersten Moment gedacht hatte, sie tatsächlich vor mir zu haben, „nur um sicherzugehen.“
„Machen Sie sich wegen mir keine Sorgen“, sagte ich, zog das Telefon wieder zu mir heran und steckte es in die Jackentasche. Die Frau hielt meine Antwort für eine Zusage, sodass sie sich dazu berechtigt fühlte, einen verbindlicheren Ton anzuschlagen.
„Ich mache mir keine Sorgen, nicht was Sie angeht, meine Liebe“, sagte sie und schien sich ihrer selbst oder meiner oder wessen auch immer sehr sicher zu sein. Sie hob ihre Kaffeetasse, nahm einen Schluck, ohne den Blick von mir abzuwenden. Dann stellte sie die Tasse vorsichtig zurück, als handelte es sich um ein besonders feines Stück Porzellan, beugte sich über den Tisch zu mir hin und senkte die Stimme: „Wir vertrauen darauf, dass Sie in der Lage sind, ein Geheimnis zu wahren.“
Absurd, dachte ich, dies hier geschieht gar nicht, so redet heute niemand mehr, ich hätte ihr gleich sagen sollen, dass es sich um eine Verwechslung handeln muss. Andererseits hatte sie mir dieses Stück Papier unter die Nase gehalten und behauptet, dies sei bei Weitem nicht das Einzige, in das sie mir Einsicht geben könne.
„Woher wissen Sie überhaupt ...?“
Sie lächelte.
„Sind Sie von ...?“
Sie legte ihren Finger an die Lippen.
„... kontrollieren Sie meine Post?“

Die Frau schüttelte leise lachend den Kopf: „Nein, so etwas haben wir nicht nötig."
Sie bückte sich, um etwas aus der alten ledernen Aktentasche zu holen, die zu ihren Füßen stand. Es raschelte, ein Klappern wie von einer Blechdose, dann hielt sie in der Bewegung inne. Ihr Haaransatz tauchte über der marmornen Tischkante wieder auf, es folgte, sehr langsam, die fein geschnittene Augenpartie mit den sorgsam gezupften Brauen, dann, noch langsamer, ihre Hand mit einer Klarsichthülle, in der sich ein weiteres Fragment befand. Als wollte sie mich anfüttern, dachte ich und sah auf meinen friedlich unter dem Stuhl liegenden Hund, den das alles nicht weiter zu kümmern schien.
„Wären Sie bereit, mir zu folgen?"
„Wir kennen uns doch gar nicht."
Der Hund sprang auf und folgte ihr.

Dem Vetter Kettelbach aber sei mitgeteilt, dass die Fürstin sehr wohl längstens im Bilde sei, sich aber nicht das Geringste darum schere, welcher Profession der Mann vormals angehört. Ein Fürst sei er jetzt, ein guter noch dazu, und wenn dem Fürsten auch nur ein Haar gekrümmt werde, dann, so schwört die Herrin zu Comburg, würde sie höchstselbst sämtliche Waffenträger, derer sie für Gold habhaft werden könne, gegen die Übeltäter schicken, bis auch der letzte mit seinem Blut dafür bezahlt habe. Ob Schneider oder Edelmann, wen kümmert's, wenn das Gebaren ein fürstliches, ja ein königliches ist? Der Kettelbach und seine Mannen mögen sich umhören unter den Bauern, den Dienern und Soldaten: Einen weisen und gerechten Herrscher wie diesen hat man bisher nicht gekannt auf der Burg, da brauchte es nicht einmal der Fürstin Gold, den Fürsten zu rächen, das einfache

Volk würde sich aus freiem Entschluss erheben und jeden, der seinem Herrn Wehe zugefügt, bis an die Grenzen des Landes jagen. Der Kettelbach treffe seine Wahl: Er kämpfe für den Fürsten oder verlasse die Burg noch heute.

„Hier entlang bitte!“

Es sah zunächst wie ein normaler Kellerabgang aus, schäbiger als andere in der Gegend, aber an sich nicht auffällig. In dem mit vernachlässigten Blumenkübeln und schmutzigen Gartenmöbeln zugestellten Hinterhof saß ein spindeldürrer Mann über einen Polstersessel gebeugt, in dessen Armlehne er mit gleichmäßigen Schlägen Kupfernägel trieb. Der Mann schaute kurz auf, meine Begleiterin nickte ihm zu und machte eine Handbewegung, die ich nicht einordnen konnte, vielleicht eine zufällige Geste, womöglich aber auch ein Zeichen. Der Alte nickte ebenfalls, beschleunigte die Taktzahl seiner Schläge und setzte wortlos seine Arbeit fort, während wir die vermoosten Stufen am Haus hinuntergestiegen.

„Achten Sie auf Ihre Schritte, die Stufen sind nicht gleichmäßig.“

Die Frau steckte einen kleinen Schlüssel, den sie an einer Kette unter ihrem Pullover hervorzog, in das Vorhängeschloss und stieß die zerbeulte Eisentür auf. Ein alter Kellerflur tat sich auf, rechts und links gesäumt von Holzverschlägen, zugestellt mit Stühlen, Kisten, Brettern, Müllsäcken. Es roch feucht und muffig.

„Was wollen wir hier unten?“

Die Frau winkte mir, ihr zu folgen, ging mit ausholenden Schritten an den Verschlägen vorbei bis zum Ende des Gangs, wo hinter einer leichten Biegung ein weiterer Durchgang sichtbar wurde. Der Hund blieb stehen und knurrte.

Ein Schatten sei's zuerst gewesen, nichts als ein Schatten, hatte der Kammerdiener gesagt, man habe sich kaum etwas dabei gedacht. Der Fürst habe ihn bemerkt, dann augenblicklich die Armbrust verlangt und vor den Augen des nicht eben wenig erstaunten Dieners auf den Schatten angelegt. „Ha!", habe er gebrüllt und: „Ich gebe es Euch!" Dann habe er die Waffe wieder aus der Hand gereicht und gelacht, als wäre ihm ein guter Scherz gelungen. Hernach sei der Fürst ins Haus gegangen und an diesem Tage sei nichts Ungewöhnliches mehr geschehen, außer dass der Herr in den frühen Abendstunden nicht ausgeritten sei, aber das unterließ er auch sonst schon einmal, wenn er sich entschlossen hatte, die Fürstin bereits am Nachmittag in ihren Gemächern aufzusuchen. Erst am nächsten Tage habe man die Fliegen gesehen und sich zu wundern begonnen, warum sie auf Geheiß des Fürsten ausnahmslos alle totgeschlagen werden sollten und keines der Fenster mehr geöffnet werden dürfe, ja selbst die Türen mit Flachs abzudichten waren ...

Ich merkte es zuerst am veränderten Geruch: Der Muffigkeit hatte sich eine herbe Nuance beigemischt, die mir von irgendwoher vertraut schien. Wir waren mehr als eine Stunde gelaufen, als der Gang hinter einer weiteren Kurve deutlich schmaler wurde, glatt verputzt und reinweiß gestrichen, mit Sockelleisten und Halogenstrahlern ausgestattet, wie bei einem Büroflur.

„Wo sind wir hier?“
Die Frau blieb vor einer dunkelgrün lackierten Eisentür stehen und tippte eine Zahlenkombination auf die Tastatur, die in die Wand eingelassen war.
„Herzlich willkommen! Wir freuen uns sehr!“
Ich sah mich nach der Frau um, die mich mit einladender Geste hatte eintreten lassen, dann schaute ich in einen riesigen hallenartigen Raum, wo sich etwa ein Dutzend Menschen verschiedenen Alters aufhielt. Fünf von ihnen saßen um einen langen Holztisch in der Mitte, während die anderen vor alten Aktenschränken standen oder in den Zwischenräumen der weit in den Raum ragenden Regale hin- und hergingen.
„Jaaaa! Komm her, Großer!“
Bevor ich sehen konnte, wer ihn gerufen hatte, verschwand mein Hund hinter einem der Regale, das die Aufschrift 1785–1811 trug.
„Darf ich fragen, wer Sie sind?“
Sie zeigten alle das gleiche nichtssagende Lächeln, wie die Frau, die mich im Café angesprochen hatte.
Ich pfiff. Der Hund blieb verschwunden.
„Kaffee oder Tee oder darf es etwas Stärkeres sein?“
Die Männer und Frauen am Tisch waren mit dem Sortieren von Papierschnipseln oder dem Lesen alter Folianten beschäftigt gewesen, die sie vor sich auf der Eichenplatte ausgebreitet hatten, und sahen jetzt erwartungsvoll und freundlich zu mir auf. Eine ältere Dame deutete auf den freien Stuhl neben sich und die Frau, mit der ich gekommen war, bat mich, Platz zu nehmen.
„Private Details spielen in unserem Kreis eine untergeordnete Rolle, deshalb entschuldigen Sie bitte, wenn wir uns nicht mit einer Vorstellungsrunde aufhalten. Selbstverständlich wissen hier alle, wer Sie sind.“

Unter normalen Umständen hätte ich über diesen Satz gelacht. Den Mann mit dicker schwarzer Brille, der mich vom Kopfende her gefragt hatte, ob ich etwas trinken wolle, hatte ich schon einmal gesehen, es konnte nicht lange her sein, da war ich mir sicher. Erst als er seine Frage mit ruhiger Eindringlichkeit wiederholte und mich aufmerksam musterte, kam ich drauf: erste Reihe, Marburg, im „Goldenen Einhorn". Er hatte mich nach der Lesung wegen der Märchenzitate befragt und sich nach den Motiven meiner Beschäftigung mit den Brüdern Grimm erkundigt. Ein Deutschlehrer, hatte ich gedacht, und dass er keiner von der Sorte war, die man leicht vergisst, mit seiner sonoren Stimme und dem eigenartig zuckenden rechten Auge. Er goss Tee in eine frische Tasse, dem eine Frau mittleren Alters goldfarbene Flüssigkeit aus einer Glaskaraffe zufügte, ohne meine Antwort abgewartet zu haben.
„Bitteschön!" Aus unterschiedlichen Richtungen wurden die Tasse, ein Keksteller und eine große Stülpschachtel aus fester brauner Pappe zu mir hergeschoben. Als mir die Frau ein Paar weiße Baumwollhandschuhe reichte, bemerkte ich, dass die meisten der Anwesenden ebenfalls welche trugen, vornehmlich die, die mit den Papierschnipseln beschäftig waren.
„Nu zu!", sagte der Deutschlehrer. Ich hob den Deckel an.

Am fünften Tage aber begab sich der Fürst, wie es seine Gewohnheit war, in den Ostflügel, wo er den Turm bestieg, in dem sich ein rundes Gemach befand, das zu betreten er den Dienern und Mägden verboten hatte. Ganz allein seines sollte es sein und von Zeit zu Zeit zog er sich nach dort oben zurück, um, wie er dem Kettelbach verriet, seinen Gedanken nachzusinnen. Man hatte schon merkwürdige Geräusche aus dem Turmzimmer erlauscht: Flötenspiel gelegentlich,

dann auch ein Schnippen und Schnappen, ein Klirren und Schaben, wie's aus einem Fürstenzimmer nicht zu erwarten gewesen wäre. Nur die Fürstin durfte ihn dort aufsuchen und man hörte mitunter ihrer beider Lachen bis in den Innenhof. Einmal sei sie mit offenem Haar am Fenster gesichtet worden, aber der Magd, die berichtete, dass sie völlig entblößt dabei gewesen sei, wollte man keinen Glauben schenken, denn sie war als missgünstiges Klatschmaul bekannt. Ein Stallbursche behauptete, er habe die Fürstin beobachtet, wie sie Stoffe die Treppe hinaufgetragen, die er später als prachtvolle Gewänder an ihrem Leibe wiedererkennen konnte, aber auch ihm wollte niemand glauben, hatte er doch zu oft im Suff gesprochen. Und dass eine Fürstin selbigst ihren Brokat die gewundenen Treppen zum Turm hinaufschleppte, sodass er wie durch Zauber zum Festtagskleide würde, schien gar zu lächerlich.
An besagtem Tage aber sei der Fürst lange allein im Turmzimmer gewesen und kein Laut sei aus dem Raume gedrungen. Auch habe er die Fenster dauerhaft geschlossen gehalten, das ist von mehreren Zeugen bestätigt.

„Dieses Zimmer existiert noch und wir glauben zu wissen, wo es sich befindet", sagte die Frau und der Alte vom Kopfende ergänzte: „Wir sind überzeugt, dass auch Sie sich dafür interessieren." Er räusperte sich. „Sie werden verstehen, dass keiner aus unserem Kreis derart in der Öffentlichkeit auftreten möchte. Die Gewissheit für uns und einmaliges Material für Sie, das würde ich einen beidseitigen Gewinn nennen."
Ich nickte, als würde ich irgendetwas verstehen.
„Allerdings müssten Sie die Geschichte in jedem Fall als reine Fiktion deklarieren, das wäre unsere einzige Bedingung."

Ich nickte wieder.
„Das Gefahrenpotenzial lässt sich vergleichsweise gering halten. Wir haben uns unter anderem auch bei führenden Entomologen rückversichert."
„Vielleicht sollten wir doch noch erwähnen ...", sagte eine Frau, die bis dahin geschwiegen hatte, aber meine Begleiterin von vorhin legte ihr die Hand auf den Arm. „Lassen wir sie erst einmal weiter schauen."
Sie rückten näher an mich heran.

Der Gaukler schwor noch unter dem Fallbeil, nicht gewusst zu haben, wofür der Kettelbach ihn habe rufen lassen, eine Wette sei es dann gewesen, in der Nacht beim Weine unter Gelächter getan, ohne böse Absicht seinerseits. Der Kettelbach hatte aber vorher schon vor dem Richter jegliche Bekanntschaft mit dem Gaukler geleugnet und gesagt, mit solch finsteren Dingen im Leben nichts zu tun gehabt zu haben. Da hatte man nicht lange rätseln brauchen, wem der Richter Glauben schenken würde. Der Verurteilte jammerte und klagte den ganzen Weg zum Henkersplatz hin, dass der Diener des Kettelbach ihn dazu genötigt, den Spruch aufzusagen, den ihm der Magier der Fliegen einst gelehrt, und dass später der andere im Spiel habe immer und immer gewinnen müssen, sodass er auch noch die singende Kiste habe hergegeben, die der Magier ihm in den Schwemmgebieten der neuen Welt anvertraut. Er habe noch gemahnt, sie geschlossen zu halten und keinesfalls den Spruch zu gebrauchen. Unschuldig sei er, unschuldig! Woher hätte er denn wissen können, was ein so hochwohlgeborener Herr mit seinem ... Es war mit ihm zu Ende, bevor er den Satz beenden konnte: Schwarze Magie sei es gewesen und böser Zauber bleibe es, habe der Pfaffe, bekanntermaßen ein Freund des Kettelbach, gebrüllt und dem Henker einen Hieb mit dem Gebetbuch gegeben. Da sei das Beil gefallen

„Mit etwas Glück existiert auch sie noch, diese ‚singende' Ebenholztruhe aus den Sümpfen des Orinoko. Wir haben glaubwürdige Hinweise, dass sie noch immer auf der Burg ist, und Sie könnten sie sich eventuell zugänglich machen", sagte der Alte. Die Frau neben mir reichte mir ein weiteres Fragment aus der Stülpschachtel.

Man fand ihn am nächsten Morgen, die Nadel noch fest in der Hand, erstarrt unter Heerscharen von leblosem Fliegengetier, das als schwarzer Flor den gesamten Boden des Turmzimmers bedeckte, bis auf einen frei gebliebenen quadratischen Fleck neben dem grausig verzerrten Gesicht. Der Medikus vermeldete hernach, der Fürst habe alle Merkmale eines Erstickten aufgewiesen, seinen Mund habe man voll gefunden mit Fliegenbein und Flügelteil, aus den Augen hätte man sie ziehen müssen, aus Nase und Ohren, als habe er sie eingesogen im Todeskampf.
Die Fürstin aber brach über dem Leichnam zusammen, schrie drei Tage und drei Nächte lang und erholte sich nimmer mehr von Trauer und Wahn. Sie brachte im Fieber das Kind zur Welt, doch außer einem tiefen Jammer entkam kein Laut jemals mehr ihrer Kehle.
Der geköpfte Gaukler ward auf Befehl des Kettelbach zu den Schweinen geworfen. Der Kettelbach selbst aber blieb mit seinen Getreuen auf der Burg und trug Sorge um die kranke Herrin und ihr Kind, bis beide vom Fieber dahingerafft waren, wodurch der Fürstentitel auf ihn überging.

Der Turm, in dem der vorherige Herr den Tod gefunden, ward zugemauert mit allem, was darinnen sich befand.
Noch heute, so schwören die einfachen Burgleute, höre man mitunter die Klage der Fürstenflöte nach Mitternacht aus dem Turme klingen und Schwärme von Fliegen fände man des Morgens darauf tot in den Mauerritzen. So manche Katze, die sich durch die Scharten in den Turm verirrt, sei auf Nimmerwiedersehen darin verschwunden, nachdem ein schwarzer Schatten sich über die Öffnung gelegt.
Dies seien Auswüchse dörflichen Aberglaubens, wie wir ihnen schon des Öfteren begegnet sind, werden Sie sagen, werter Freund und Kollege, und ich möchte Ihnen gerne recht geben. Aber reichlich Unerklärliches bleibt nach der Kenntnisnahme der entsprechenden Schriftstücke doch zurück. Die von Kettelbachs jedenfalls haben mit Gerichtsklage und Leugnung gedroht, so ich die Geschichte ihres Ahnherren und des tapferen, listigen und bedauernswerten Schneider-Fürsten öffentlich mache, aber ich gedenke der Sache dennoch weiter auf den Grund zu gehen und werde Ihnen über meine Erkenntnisse berichten.
Indem wir beide, mein Bruder und ich, Ihrem freundschaftlichen Andenken uns empfehlen, verharre ich in herzlicher Verehrung als Ihr
W. G.

„Eine solche Gelegenheit bekommt man nicht zweimal geboten, meine Liebe. Das dürfte Ihnen schon ein geringes Restrisiko wert sein." Sie kicherte wie über einen freundlichen kleinen Witz. Der Alte vom Tischende aber blieb ernst: „Gehen Sie bitte behutsam vor. Einer der südamerikanischen Insektenforscher drückte sich etwas kryptisch aus, was aber nichts heißen muss. Abgesehen davon sind die von Kettelbachs ein wenig empfindlich, was diese alte Geschichte angeht. Übernachten Sie auf jeden Fall unten im Dorf und meiden Sie vielleicht auch die Stunden zwischen Mitternacht und Morgengrauen für ihren Besuch."

„Wie bitte?"

Die Frau schob mir eine Visitenkarte mit geprägter Goldschrift zu.

„Man kann ja nie wissen ..."

Hinter dem Regal bellte der Hund.

Beelzebub, der *im Logen-Venimecum*

Ursprünglich "erhabener Fürst" als Bezeichnung verschiedener (meist Fruchtbarkeits-)Götter gebraucht, kam dann ebenfalls "Herr der Fliegen" dazu. Unklar ist, ob dies auf einem ähnlich klingendem Wortstamm beruht oder auf der Tatsache, dass die blutigen Statuen der Gottheiten nach rituellen Opferungen oft von Fliegen umschwärmt waren. Mit der Zeit auch allgemeiner als "Meister" verwendet, stand Beelzebub im MA. jedoch für den Herrn der Dämonen bzw. die rechte Hand Luzifers. So verwundert es nicht, dass der Teufel auf mittelalterlichen Vanitas-Darstellungen von Fliegen u. anderen Insekten (mit Ausnahme von Schmetterlingen[I)]) begleitet wird, die für die Vergänglichkeit des Lebens stehen bzw. für Unreinheit. Gelten sie doch - angezogen von Verwesung u. Exkrementen - auch als Krankheitsüberträger[II)].

Ehe von Stand, die *im Logen-Venimecum*

war meist eher eine Verheiratung, in der Frauen (und ggf ihr Vermögen/Erbe) vorzugsweise bis zum 16. Lebensjahr von ihrem Vater einem neuen Vormund übergeben wurden. Frauen von Stand waren dabei nicht selten Pfründe im Spiel um Reichsvergrößerung oder dem Schmieden günstiger Bündnisse[II)]. Nicht individuelles Glück galt es dabei zu erreichen u. zu erhalten sondern Macht u. Einfluss. Als Untergebene des Mannes war eine Heirat unter Stand für Frauen geradezu undenkbar, hätte ihre Familie somit Verbündete in möglichen Konflikten verloren. Aufgrund der politischen Reichweite der Verbindungen wurde das Eheleben vom Hofstaat streng überwacht. Die Treue der Frau stand ebenso unter Beobachtung, wie das Einhalten gegebener (politischer) Versprechen ihres Gatten und dessen Familie.

Anm. d. Hg.:
I) Zum Schmetterling (auch Sommervogel genannt) siehe *Zweierlei Gold*
II) Siehe *Am Wege*

Teilweise unleserlicher Brief eines nicht näher genannten Logen-Mitgliedes

[...] Die besondere Rolle der 7 jedenfalls scheint sich seit Jahrhunderten gefestigt zu haben, unterstützt von Beobachtungen und Phänomenen. Das bestätigt auch meine aktuelle Forschungsreise in die Region rund um Euphrat und Tigris. Die Babylonier, große Verehrer der "heiligen" Zahl, beschrieben sieben Himmelskörper, denen in ihrer Mythologie ebenso viele Himmelsdämonen zugewiesen wurden. Wenigstens erscheint mir das eine mögliche Verbindung zwischen den "Sabettu" genannten übernatürlichen Wesen und jenen Planeten, die man entdeckte. Lassen sich dazu weitere Erkenntnisse in unseren Archiven finden? Wir sollten nachforschen, ob sich die mythologische Bedeutung dieser Zahl von der babylonischen 7 herleiten lässt!

In England soll übrigens ein Philosoph[1)] etwas über die Wahrnehmungsgabe und das Erinnerungsvermögen des Menschen im Zusammenhang mit der Sieben herausgefunden haben. An sieben auf einen Streich soll man sich gut erinnern können. Wissen wir mehr?

Anm. d. Hg.:

1) Gemeint ist vermutlich der Philosoph John Locke (1632-1704), dessen empirische Studien ergeben haben sollen, dass sich das menschliche Gehirn bis zu sieben unterschiedliche Gegenstände ohne weiteres merken kann; darüberhinaus jedoch unproportional nachlässt - das sogenannte „seven phenomenon“

Anonymus

Zweierlei Gold

Illustrationen René Cadena Ayala

Unserm Schweigen lauscht beredt,
denn dreizehn Zeugen bleiben.

An einem fischreichen See, umschlossen von Hängen und Wildblumen, wohnte ein Mann mit seiner Frau und ihren Kindern. Das älteste, Uldarich, besaß eine goldene Zunge, das jüngere, Gerold mit der Löwenmähne, ein goldenes Herz, das Wahrheit von Lüge unterschied und vernahm, was anderen verborgen blieb. Auf diese Fähigkeit zu vertrauen, darin bestärkte ihn sein Pate, Adalbert genannt, ein weiser Mann, der inmitten des Sees lebte. Denn Wahrheit, so lehrte er, nimmt oft die Farben jener an, die sie sich zu eigen machen.

Die Schwester der beiden, Gulda, war so schön wie die Morgenröte, Sonnenschein und Augapfel ihrer Brüder und bezauberte jeden, der ihrer ansichtig wurde.

So geschah es, dass eines Tages Reiter vorbeikamen und um die Erlaubnis baten, Rast zu halten. Der größte, genannt der Starke, konnte den Blick nicht von Gulda wenden und gab sich als Herrscher des Nachbarlandes zu erkennen, Bezwinger der Himmelsriesen, deren hoch aufgetürmte Knochen, weithin zu sehen, von seinem Sieg zeugten.

Nicht lange darauf führte er nicht nur Gulda heim in sein Reich, auch Gerold und Uldarich folgten dem Tross. Doch kaum hatte Gerold als Letzter die Grenzmarke überschritten, kreuzte eine Biene beredt seinen Weg. Ihn in stets engeren Kreisen umfliegend, fügte ihr Summen sich zu Worten.

„Wehe, oh wehe, habt ein Auge auf Euren Bruder, Ritter, seine Goldworte haben einen eisernen Kern.“ Dem wütenden Schwingen von Uldarichs Schwert entkam sie taumelnd in Richtung des dämmrigen Himmels. Ich bin wohl müde, sagte sich Gerold, da außer ihm niemand eine Stimme vernommen hatte.

Schön war das Schloss und wurde schöner mit Gulda.
Gerold und Uldarich saßen am Tisch neben den Eheleuten, schliefen in ihren eigenen Kammern und waren bald unerlässlich am Hofe. Uldarich als Berater des Herrschers, Gerold als Ritter seines Gefolges. Die Tage gingen dahin, unterbrochen von siegreichen Feldzügen, die das Land des Starken vermehrten und damit auch das seiner Nachkommen.
Doch als Gerold eines kalten Abends seinen Bruder und den Herrscher Pläne schmiedend zurückließ, um auszureiten, verstellte ein weißer Hirsch ihm den Weg. Dampf umspielte seine Nüstern bei jedem Schnauben.
„Wehe, oh wehe“, vernahm der Ritter. „Von Eurem Paten grüßen soll ich Euch. Und warnen, denn golden glänzt, was Eisen ist. Und eisern ist der Wille zur Macht.“ Ein Pfeil sirrte dicht an Gerold vorbei und schlug hart auf den lehmigen Weg, wo kurz vorher noch das edle Tier gestanden hatte.
„Ein weißer Hirsch ist Gold wert!“, rief Uldarich erregt mit dem Bogen in der Hand, „hätte ich ihn nur erlegt!“ Gekommen war er jedoch, um Gerold zurück ins Schloss zu führen. Den Herrscher hatte die traurige Kunde vom Tod seines Bruders erreicht. Schwägerin, Neffen und Nichten waren verschwunden. Nach Süden, erzählte man sich, wo das langbärtige Zwergenvolk dem Starken nach dem Leben trachtete.

So nahm Gerold Abschied von Gulda, versprach baldige Wiederkehr und zog mit des Herrschers Gefolgschaft der Sonne entgegen – die Vermissten zu finden und jene Eisenkrone zu erobern, die ihren Träger zum Herrscher der Zwerge machte.

Je näher sie ihrem Ziel kamen, je ungebärdiger wurden Gerolds Träume; unterbrachen seinen Schlaf, verschwanden wie Nebel am Morgen und ließen ihn ratlos zurück. Bald schon wachte er freiwillig des Nachts und lauschte auf den Wind in den Wipfeln, dem Flügelschlagen der Nachtvögel und dem Schleichen des gedrungenen Schattens, der sie auf leisen Pfoten begleitete. Wenn nur noch wenige Fackeln brannten, wie die um das goldene Zelt, wo der Starke sich mit seinem Vertrauten beriet, zuckte eine Schwanzspitze durchs hohe Gras. Manchmal erstarrte das Pinselohr zu Stein und richtete lauschend die lichten Augen auf Gerold, als wartete er geduldig auf ihn. Als wollte er ihm zeigen, was genau ihn anlockte, Nacht für Nacht.

Und tatsächlich bemerkte Gerold im Neumond der siebten einen Schimmer: einen Riss im feingewebten Tuch, das den Blick freigab auf das Innere. Ausgebreitete Karten vermaßen das Reich des Starken und das der Zwerge. „Wir nähern uns dem Ziel, zunächst sammeln wir, dann schlagen wir und übermorgen wird geherrscht“, frohlockte der Starke und hob seinen Kelch. „Auf dass Ihr diesmal zu Ende führt, was Ihr so wirksam zugunsten der Einheit und des Friedens begannt. Der Westen meines Landes verfügt über so manches Kloster mit starken Mauern.“ Uldarichs Lachen machte die Luft vibrieren, als er befand: „Dank der edelmütigen Tätigkeit Eurer Familie. Eine ehrenvolle und angemessene Behausung für alternde Krieger und Schüler der Demut.“

Weitere Tage vergingen, weitere Schlachten wurden geschlagen. Der Katzenartige jedoch blieb verschwunden. Zunächst wehrte sich das Zwergenvolk heftig, war jedoch kein Gegner für einen, der Riesen bezwang, die Kriegsführung beherrschte und dessen Berater die Überzeugungskunst. Uldarichs Worte troffen wie das heimlich verteilte Gold aus dem Mund. Beides ebnete unpassierbare Wege und schloss Tore auf, wo keine Belagerung, kein Ansturm half. Von Benacus geweihtem Gewässer aus stießen sie ungehindert ins Landesinnere vor. Niemand stellte sich ihnen mehr in den Weg und der Starke war gnädig, als trüge er das eiserne Band bereits auf den Locken, das Wohlwollen seiner neuen Untertanen im Herzen. Nur ein einziges Mal nahm er Gefangene: zwei Zwerge und eine schlanke Gestalt, die Uldarich von schwer bewaffneter Begleitung gen Westen eskortieren ließ. Ein Sommervogel umschwirrte den Reisewagen, so groß, wie Gerold noch keinen gesehen hatte. Luftig taumelnd beschrieb er Schlaufen und Kreise, während Hände und Waffen nach ihm haschten. Ein so prächtiges Exemplar wollte jeder, auch Gerolds Bruder, besitzen. Doch mit dem Windhauch entkam er in wolkige Gefilde und verschwand in der gleißenden Sonne. Jeder Flügelschlag ein aufblitzendes Augenpaar, dem Gerold so lange nachsah, bis das metallne Rasseln verklang und das Licht blendend Punkte erschuf, die bei jedem Blinzeln schwarze Löcher einbrannten.

So erschien ihm die letzte Bastion wie ein Schattenreich steinerne Mauern, die schützen sollten, doch mehr noch in eiserner Umklammerung hielten.

Siegesgewiss zogen der Starke und seine Mannen aus, nur Gerold folgte dem Adler, der den Felsen umkreiste, die Äste eines Baumes hinauf. Wo sich zwischen den Zweigen Platz für ein ganzes Volk bot. Jede Feder des hier majestätisch kreisenden Tieres ein rauschender, klagender Ton.

„Wehe, oh wehe! Hast du den Sommervogel gesehen, mein Sohn, sind deine Augen offen für einen Krieg, der vor dem Beginn schon entschieden war?“ Von seinem Ausblick erkannte Gerold, wie wenig geschützt die Festung war. Wie unbewaffnet und ängstlich die bärtigen Zwerge, kein Kind unter ihnen.

„Haltet ein!“, rief er teilnehmend, als die ersten Pfeile surrten. Doch einer davon fauchte gegen den Strom seiner Brüder und bohrte sich ebenso leicht in die Rinde des Baumes, wie er die Brust des Adlers durchschlagen hatte. „Von dem hohen Wipfel stoßen wollte er dich!“, rief Uldarich und zog das nächste Geschoss aus dem Köcher.

„Halte dich fern von Habichtadligen, Sie schlagen dir die Krallen ins Gehirn!“ Erschrocken sah Gerold dem sterbenden Vogel in die menschlichen Augen, die er glaubte zu kennen. „Tu dankbar und rette dich“, wisperte Adalbert, „wem nutzt es, wenn die Wahrheit mit uns beiden stirbt?“ Mit klopfendem Herzen stieg Gerold zur Erde zurück, wo Uldarich mit gezückter Waffe wartete. „Was hast du dort oben gemacht?“

„Mir einen Überblick verschafft, wie jeder gute Krieger.“ Metallen fielen die Worte aus seinem Mund, übertönt vom Bersten der Mauern. Von tödlichen Spalten durchsetzt waren sie und der Starke versetzte den letzten Stoß. „Für meine Königin“, erschallte sein Horn. „Für meine Untertanen.“

Uldarich folgte, begierig, jener zu sein, der gewann, was der Starke begehrte: die eiserne Krone. Die Leiber der Zwerge türmten sich zu schwarzroten Bergen aus Hoffnungslosigkeit und Tod. Die verschwägerte Königin und ihre Kinder blieben verschwunden. Und doch war der frisch gekrönte Herrscher

in Siegeslaune.
Die Brüder erhielten Zeichen der Dankbarkeit und Ehre: Uldarich Ländereien, Gerold das Fell eines Löwen, das ihn auf dem Schlachtfeld begleiten sollte.
Auf dem Weg zurück jedoch zum Schloss des Starken, wo Gulda und ihre Kinder der Brüder und ihres Königs harrten, war kein lebendiges Geräusch zu hören. Als wäre das Tierreich in Trauer versunken. Kein Vogelzwitschern, kein Bienensummen oder Hirschröhren. Ein Pinselohr schlich ohne Laut durchs Unterholz, ihm folgte ein stummer Lurch. Selbst Wolf, Fisch, Eule, Meerkatze, Sommervogel, Blatthörnige oder Wasserhufler schwiegen still.
Nur Gerold unter seinem Fell lauschte einem Chor kaum vernehmbarer Laute, die niemand zu hören schien oder hören wollte außer ihm. Dennoch oder deshalb wurden sie lauter und lauter, bahnten sich ihren Weg in sein Inneres, das sie, geschützt von der abgezogenen Haut eines Raubtieres, weitertrug. Denn Macht, so hatte er erkannt, lag nicht nur im Schwert, auch in Worten.

Einmal noch kehrte er nach Hause zurück, die Grabstätte seines Paten zu besuchen. Mitten im Wasser auf der kleinen Insel musste er sie sich zeigen lassen von dessen Nachfolger. Denn überwuchert war sie von Rittersporn und Löwenmäulchen, die ihm im Wind sachte zunickten, als er das zweite Mal Abschied nahm. Sein Fell allerdings trug er immer, selbst wenn es ihm nicht um die Schultern lag.
Und wenn er nicht gestorben ist, lebt der Löwe, Ritter der Tiere, noch immer.

The Secret Grimm Files - Akte 211

Sehr geehrte Frau Martin, sehr geehrte Frau Veenstra,
wie angekündigt übersende ich Ihnen heute die Originalabschrift des betreffenden Textes mitsamt persönlicher Notiz meiner Mandanten,
mit freundlichen Grüßen, Dipl Jur ~~Johann von~~

[...]
Sicherlich wundern Sie sich, warum dieses Märchen, von dem Sie noch nie gehört haben dürften, ebenso in unsere Sammlung Eingang finden soll wie *Der Hase und der Igel*. Doch was die Thematik "tierische Maskeraden realer Personen" angeht, schließt sich damit der Kreis. Wir gehen davon aus, dass der Ursprung des Textes im 11. Jahrhundert liegt, doch nur wenige schriftliche Versionen haben bis in die Gegenwart überdauert. Dass eine davon - im Besitz eines gewissen Balders - den Brüdern Grimm bekannt war, vermuten wir. Wie Sie den Akteneinträgen entnehmen können, ist diese Erzählung für uns von persönlicher Bedeutung, wirft sie doch ein Licht auf jene Zeit, zu der unsere Vorgänger sich entschlossen, künftig anonym zu wirken ...

<u>Beiblatt zur Akte 211</u>

Zwar ist es kein Wolf, wie in unseren Chroniken überliefert, aber doch ein Fuchs, den Bosch umgeben von Augen und Ohren beinahe unsichtbar in den Baumstamm integrierte. Dem dazugehörigen lateinischen Text "Miserrimi quippe est ingenii semper uti inventis et numquam inveniendis", oft nicht ganz korrekt interpretiert mit "Reden ist Silber, Schweigen ist Gold", könnte eines unserer Motti zugrunde liegen: Armselig ist der Geist, der nur jenes (be)greift, was andere zu wissen glauben.

<u>Aktueller Nachtrag:</u>

Am denkwürdigen 6. Mai XXXX
unweit des Teufelslochs und Rabenstein

Was die Identität des mysteriösen letzten Besitzers unseres Märchens betrifft, Balder, habe ich inzwischen eine heiße Spur. Doch lassen Sie uns die Ergebnisse anonym zusammentragen. Einigen meiner Freunde vom Club des unbekannten Dichters ist dies lieber.
Codewort: secret-grimms.de. Nur so viel: Balder ist eher "lovable" als göttlich, das kann ich Ihnen versichern.
Wir hören, **Liss Otriton**

Who is Who

Rätselhaftes und Biografisches

DAS WILDE DUTZEND

Angelika Klüssendorf,
geboren 1958 in Ahrensburg, obwohl sie doch im Schlaraffenland zur Welt kam. Lebte von 1961 bis zur Übersiedlung 1985 in Leipzig, Stadtteil: der wilde Mann; heute lebt sie bei den drei Männlein im Walde. Lieblingsmärchen: *Die kluge Gretel.* Sie veröffentlichte unter anderem die Erzählungen *Sehnsüchte und Anfall von Glück*, den Roman Alle leben so, die Erzählungsbände *Aus allen Himmeln, Amateure* und zuletzt den Roman *Das Mädchen.*

Sonja Puschmann,
geboren in Berlin, nur einige Steinwürfe entfernt vom Alten St. Matthäus-Kirchhof, wo Ottilie von Hansemann, Rudolf Virchow oder auch Jacob und Wilhelm Grimm bestattet sind. Sie studierte Malerei und Bildhauerei an der Hochschule der Künste Berlin bei Georg Baselitz und Michael Schoenholtz und war Meisterschülerin des Erstgenannten. Schon früh entwickelte sie ein Gespür für individuelle Themen, doppelte Ebenen, hypnotische Farbspiele und widmete sich lange Zeit der Suche nach dem vollkommenen Schwarz für ihre Linolschnitte. Eine Meisterschaft, die schon im Mittelalter zu einer eigenen Berufsbezeichnung führte und der selbst das Grimm'sche Wörterbuch einen eigenen Eintrag widmet.
Mehr unter: www.sonjapuschmann.de

Thomas von Steinaecker
wurde 1977 in Traunstein, zwischen dem Chiemsee und den Alpen, geboren. Später zog er an die Grenze der damaligen Tschechoslowakei, danach in das Hopfenanbaugebiet Hallertau. Er hat Erfahrung mit Einöden und den Träumen von Feen. Von 1996 bis 2006 studierte er in München und in Cincinnati deutsche, englische und amerikanische Literaturwissenschaft und promovierte über die Verwendung von Fotografien in den Texten von Rolf Dieter Brinkmann, Alexander Kluge und W. G. Sebald. Er lebt in Augsburg, kann nicht zaubern und besitzt keine Katzen oder ähnliche Haustiere. Von ihm erschienen sind die Romane *Wallner beginnt zu fliegen, Schutzgebiet* (btb) und zuletzt *Das Jahr, in dem ich aufhörte, mir Sorgen zu machen, und anfing zu träumen* (S. Fischer), *Hörspiele wie Herzrhythmusgeräusche* (BR) und Filme wie *Musik für eine neue Welt – Karlheinz Stockhausen* (ARTE). Er arbeitet momentan an einer Graphic Novel.

Lilli Gärtner
Vor (gefühlt) langer Zeit wurde an einem magischen Tag kurz nach der Feier des Baumes ein bebrilltes Kind in Tübingen zur Welt gebracht. Es zog viel umher und sah Einiges (Canterbury, GB; Berlin; Baltimore, USA; Hamburg). Es entschloss sich, nachdem es viel gezeichnet hatte (Studium Freie Kunst; Zeichnung an der

Hochschule für Bildende Künste (HfBK), Hamburg; Studium Illustration an der Hochschule für angewandte Wissenschaften (HAW), Hamburg; Auslandssemester am Maryland Institute and College of Art (MICA), Baltimore, USA), weiter zu zeichnen (Referenzen: Beautox Magazin; Belletristik; Business Punk; Drops; Geo Saison; Indie Magazine; Juju's Delivery; KRASS Magazin; Lüneburger Theater; MamiVerlag; OPAK; page online; Rivista Inutile; TschauTschüssi; Zürcher Hochschule der Künste) und die Zeichnungen anderen zu zeigen (Ausstellungen in Leipzig; Berlin; Hamburg; Köln; Baltimore, USA; Kyoto, JP; Lissabon. PT; Gent, BE; Moskau, RU). Und wenn es nicht gestorben ist, so zeichnet es noch immer. Am liebsten in seinem Atelier in Leipzig. **Mehr unter: www.lilligaertner.de**

Ulrike Draesner,
geboren 1962 in München, lebt als Romanautorin, Lyrikerin und Essayistin in Berlin, wo sie den Verein „Wölfe in die Stadt“ leitet. Sie studierte Anglistik, Germanistik und Philosophie und promovierte 1992. Ihr erstes Buch, *gedächtnisschleifen*, erschien 1995. Es folgten weitere Gedichtbände sowie Romane (u. a. *Vorliebe*, 2010) und Erzählungen (*Hot Dogs*, 2004). Für ihr Werk erhielt sie zahlreiche Auszeichnungen, unter anderem als erste Preisträgerin 2002 den Preis der Literaturhäuser, der sowohl die Qualität des literarischen Œuvres als auch seine Vermittlung und Präsentation ehrt. Sie übersetzt Gedichte aus dem Englischen und war an verschiedenen intermedialen Projekten beteiligt. Gast- und Poetikdozentin u.a. in Kiel, Birmingham, Bamberg und am Deutschen Literaturinstitut Leipzig. Eine erste Sammlung von Essays erschien 2007 unter dem Titel *Schöne Frauen lesen.* Im März 2011 legte Ulrike Draesner einen neuen Band mit Erzählungen vor: *Richtig liegen. Geschichten in Paaren.*
Mehr unter www.draesner.de

Dorothea Huber
wurde erstmals in den wuchtigen Wäldern des Ostallgäus gesichtet, als sie kryptische Zeichen in Bäume ritzte. Vermutet wird, dass sie lange Zeit unter wilden Rispenwölfen, die sich ausschließlich von bunten Blumen ernähren, lebte, da bei diesen ein ähnliches Verhalten beobachtet wurde. Mittlerweile führt sie ein zivilisiertes Leben in Berlin (wie sie dorthin gelangte, ist ungeklärt) und ist der Sprache der Menschen weitgehend mächtig. Doch kehrt sie gelegentlich in fremde Wälder zurück, um neue Inspiration für ihre Zeichnungen zu gewinnen. In „Brehms Tierland“ (Edition Büchergilde) wurden viele ihrer Tierzeichnungen veröffentlicht, auch *Geo*, *Brigitte*, die Berliner Philharmonie und die *taz* publizierten Arbeiten von ihr. Sie erhielt mehrere Auszeichnungen, u. a. den Hans-Meid-Förderpreis für Illustration. **Mehr unter: www.dorohuber.de**

Michael Stavarič,
1972 in Brno geboren ist österreichisch-tschechischer Schriftsteller und Übersetzer. Statt nach Kanada führte ihn sein Weg schon früh in mysteriös klingende Orte, wie Laa an der Thaya oder ins Wien der Boheme, wo er unter anderem ebendies studierte (Bohemistik). Er war Sekretär des tschechischen Botschafters a. D. Jiří Gruša und hat Romane, Gedichte und Kinderbücher bei diversen Verlagen veröffentlicht. Wie beispielsweise *Terminifera*, für das er den Adelbert-von-Chamisso-Förderpreis erhielt, *Mrtvorozená Eliška Frankensteinová*, das mehrfach ausgezeichnete *BieBu*, *Nadelstreif & Tintenzisch, Ein Bestiarium* oder auch *Die kleine Sensefrau*, die ihn sich ebenfalls erfreut ausgesucht hat, wie die mysteriösen Damen und Herren des Verlages Das wilde Dutzend. 2012 erhielt Michael Stavarič den renommierten Adalbert von Chamisso-Hauptpreis für *Brenntage*.

Katrin Salentin
In einer kleinen Gemeinde, umgeben von weiten Feldern, dicht bewaldeten Hügeln und einem heimtückischen Hochmoor, wuchs, gut behütet, ein kleines Mädchen heran. Es war stets um Gehorsam und Lerneifer bemüht, doch das langweilte bald, bedeutete es doch, abgespannten Regeln Folge zu leisten. So spazierte es eines Tages über die Himmelsleiter in die nächstgelegene Stadt, um zu prüfen, ob es denn dort nicht Unregelmäßiges und Neues gäbe. Es studierte alsbald mit viel Freude das Brechen zuvor gelernter Gestaltungsgrundsätze. Wundersame, merkwürdige und kurzweilige Bildfigurinen entsprangen fortan ihrer Fantasie. In diesem Tun wollte es verweilen. Noch heute reist Katrin Salentin in ferne Gegenden, auch mal bis ans Ende der Welt, um mit neuen Eindrücken ihre Experimentierfreude zu stillen. **Mehr unter: www.katrinsalentin.de**

Christiane Neudecker
kam 1974 mit mindestens drei goldenen Haaren zur Welt. Böse Träume verschafft sie seit 2005 den Figuren ihrer Bücher: in den unheimlichen Geschichten um *Das siamesische Klavier* etwa wimmelt es von sich loslösenden Schatten und mysteriösen Widergängern. Aber auch in ihrem Burma-Roman *Nirgendwo sonst* und dem ersten Erzählband *In der Stille ein Klang* (alle Luchterhand Literaturverlag) können die Protagonisten von ungestörtem Schlaf nur träumen. Christiane Neudecker selbst schläft, seit sie schreibt, zwar nicht besser – aber deutlich weniger.

Sabine Tabuchi,
geboren 1973 in Nürnberg, hatte schon früh eine Vorliebe für Bilder und Bücher über zwielichtige Gestalten und neblige Atmosphäre (egal ob auf den Straßen Oliver Twists oder an den Wänden der Museen). So war es kein Wunder, dass sie

bildende Kunst in London studierte und später in unterirdischen Gewölben und alten Gemäuern ihr Unwesen in einer kleinen umherziehenden Theatergruppe trieb. Es war aber erst auf einer Reise nach Madrid, dass sie im Prado vor den Bildern Goyas in Kontakt mit dem wilden Dutzend geriet. Sabine Tabuchi lebt mit ihrer Familie sozusagen mitten im Waltham Forest und ist künstlerisch tätig in Keramik, Bildhauerei, Malerei und Illustration.
Kontakt über den Verlag: info@das-wilde-dutzend.de

Michael Weins,
1971 in Köln geboren, verbrachte die ersten 12 Jahre seines Lebens allein in einer Kammer aus Büchern. Mit Brotkrumen kennzeichnete er seinen Weg von Titel zu Titel. Nach seiner Flucht studierte er Psychologie an der Universität Hamburg und veröffentlichte fünf Bücher mit den Namen: *Feucht*, *Goldener Reiter*, *Krill*, *Delfinarium* und *Lazyboy*. **Mehr unter: www.michaelweins.de**

Jens Weber,
Anfang der 1970er in Essen geboren. Kindheit noch zu Zeiten der grauen Wäsche im Ruhrgebiet verbracht. Besuch der Ruhruniversität Bochum mit Quittierung als Halbanglist und Viertelgermanist. Mitten in den Neunzigern Designstudium in Dortmund; Diplom pünktlich zum Ende des Jahrhunderts. Tätigkeit als Designer in Hamburg, seither freiberuflich als Ideenfinder, Zeichner und Designer unterwegs. Wohnt freiwillig im Ruhrgebiet, weil man hier ungestört zum Arbeiten kommt. Arbeitsschwerpunkte sind (kommunikative) Probleme anderer Leute, Bücher, Zeitschriften und was eben noch in sie passt sowie die dauernde Suche nach Transparenzen, Palimpsesten, Mehrdeutigkeiten und den Möglichkeiten des halb Verborgenen in der Zeichnung.
Mehr unter: www.jensmariaweber.de

Rabea Edel
wurde 1982 geboren. Man erzählte sich, später, als man ihren Namen kannte, sie sei angespült worden, nachts, zwischen Algen und zappelnden Fischen, sie sei ausgespuckt worden von einem Wal, sodass ihr Blut nicht nur blau, sondern auch noch salzig sei. Erzählungen, Reisereportagen, Übersetzungen und zwei Romane später ist in manchen Nächten noch dieses Rauschen zu hören, als hielte man über die Stadt Berlin eine Muschel, und der Lärm der U-Bahnen, Kanäle, Straßen und Stimmen verdichtet sich zum Flüstern in ihrem Blut. Das Computerlicht als Widerschein des Wassers auf dem Gesicht. Das Auf und Ab der Wellen, das ist der Herzschlag, der ihr Märchen antreibt.
Mehr unter: www.rabeaedel.com

Florian Bayer,
geboren 1981, ist Illustrator und lebt und arbeitet in Berlin. Zumeist zeichnet er vom wahren Leben ab. Und da die Märchen, die die Grimms einst nacherzählten, sich auch heute noch zutragen, entschied er sich, die düstere Frau-Holle-Variation von Rabea Edel mit einer Geschichte zu illustrieren, in die er hineingeriet, während Rabea Edel gerade den Text zu Ende schrieb. Seine Bilder zeigen einen hermetisch abgeriegelten Tatort in East London, das Zelt der Forensik hell erleuchtet, die Straßen plakatiert mit den Suchanzeigen nach der im Kanal wieder aufgetauchten Vermissten, der Bruder festgenommen, die Anwohner trauernd um ihre aus Fernsehserien bekannte Nachbarin. Wenn man genau hinsieht, findet man die Grimms auch heute noch am Werk.
Mehr unter: www.florianbayer.com

Finn-Ole Heinrich
lebt als Buch-, Drehbuch- & Kinderbuchautor in Hamburg. Er dreht Filme, schreibt für die Bühne, ist allein & mit verschiedenen Musikern zu unterschiedlichen Lese-Konzert-Performances unterwegs. Er macht normalerweise knapp hundert Lesungen pro Jahr & gehört damit streng genommen zur Spezies der „fahrenden Leut'", wie fast all seine Vorfahren. Traditionell sind diese Schausteller, die von Ort zu Ort ziehen & Menschen unterhalten, Transporteure von Fabeln, Geschichten & Märchen. Finns Vorfahren, die vorwiegend im deutsch-französischen Grenzgebiet ihrem Gewerbe nachgingen, waren eine wichtige Inspirationsquelle für die Gebrüder Grimm, indem sie den neuesten Klatsch aus dem französischen Raum nach Deutschland brachten.
Mehr unter: www.finnoleheinrich.de

Roland Brückner,
geboren 1983 in einer ehemals herzoglichen und später direkt märchenhaften Residenzstadt, kam durch einen wortwörtlichen Unfall zur Kunst, zeichnete sich seinen Weg in die UdK Berlin und gab sein Undercoverdasein auf, als er mit seiner Street-Art-Serie *Lindas Ex* nicht nur die Aufmerksamkeit des wilden Dutzends gewann: Die filigran zwischen Wahrheit und Dichtung schwebende Kampagne wurde unter anderem im Berliner Museum für Kommunikation ausgestellt. Seither arbeitet Roland Brückner als Künstler und Illustrator für laufende und gedruckte Bilder und ist unter anderem Erfinder des berüchtigten Mumpelmonsters. Eines Wesens, von dem viele behaupten, es sei nicht real. Doch einen Blick hinter normale Sehgewohnheiten zu erhaschen ist das, was ihn seit jeher inspiriert.
Mehr unter: www.bitteschoen.tv

Melanie Stumm & Tobias O. Meißner
leben in Berlin in wilder Ehe, träumen von Völlerei und verfassen mehr oder weniger gelehrte Texte wissenschaftlicher, journalistischer oder belletristischer Couleur. Über einen ostischen Zweig der Familie Melanies (die Stumpfovas) sind sie in den Besitz eines originalen Waffelbechers samt Zuckerwürfelkrümeln aus dem sagenumwobenen Flüster-Knusper-Kasino gelangt, was wiederum der Aufmerksamkeit der als Männer verkleideten Agentinnen des Wilden Dutzends nicht entgangen ist.

Stefanie Klück aka Ebeneeza K.
wurde als einziges Kind eines Seefahrer-Ehepaares in Hamburg geboren. Wegen einer vererbten Lungenkrankheit war sie schon als Kind anfällig und häufig ans Bett gefesselt. Im christlichen Kindergarten zeigte sich ihre Neigung zu Linien und Graustufen, argwöhnisch beobachtet von der strengen Kindergärtnerin. Auf der Kunstschule Alsterdamm konnte sie dann endlich ihrem fröhlich-tristen Stil frönen. Ebeneeza K. war beim Illustrationswettbewerb *Das Aalfelder Schneewittchen*, ist Illustratorin der Schreckenschronik *Die Guten, die Bösen und die Toten* (Verlag Das wilde Dutzend) sowie des eBooks *Dunkle Träume*, fürderhin ist sie Mitglied der Kunstgruppe GUiGUi – Multiartists On Superfire und blickt auf Ausstellungen im Hinterconti, der Galerie Linda und der Staatsgalerie Prenzlauer Berg Berlin zurück.
Mehr unter: www.ebeneeza-k.com

Anja Schneider
wurde auf einem Flecken Erde inmitten dreier Länder geboren, der mal zu der einen und mal zu der anderen Seite gehörte und durchfurcht ist von den Stollen des kleinen Volkes. Die Suche nach Abenteuern und Stoff für ihre Geschichten und Drehbücher führte sie schließlich in eine große Stadt und deren verborgene Archive, wo sie eine Gleichgesinnte traf, mit der sie nicht nur das Interesse an Geheimnisvollem verbindet. Derzeit sind sie gemeinsam auf der Spur nach einem außergewöhnlichen und noch unerforschten Fabelwesen.
Kontakt über den Verlag: info@das-wilde-dutzend.de

Julia Friese,
geboren 1979 in Leipzig, studierte am National College of Art and Design in Dublin, an der Faculdad de Bellas Artes in Bilbao und an der HGB Leipzig, wo sie auch ihr Diplom machte. Seit 2000 arbeitet sie als freiberufliche Illustratorin und Designerin, lässt sich auf 1001 Wegen und in fast ebenso vielen Ländern von Inspirationen finden und ist seit jeher bemüht, Grenzen

aufzuweichen. So sind ihre Bilderbücher, wie das 2008 für den Kinderbuchpreis nominierte *Alle seine Entlein* oder das mit dem LUCHS der ZEIT ausgezeichnete *Papierschiff Ahoi!* stets Herausforderung für kleine wie auch große Leute. In ihren Werken verquickt Julia Friese dramatische Komik mit schalkhaftem Hintersinn. Ihr wichtigstes Handwerkszeug dabei: die Fantasie. Die sie schon früh daran zweifeln ließ, dass etwas wahr sei, nur weil viele es glauben. Und so war es ein Rechercheaufenthalt in der Mittelalter-Abteilung einer Bibliothek, während dessen sie einem Mitglied des wilden Dutzends ins Auge fiel ... **Mehr unter: www.juliafriese.com**

Sigrid Behrens,
1976 als Deutsch-Französin in Hamburg geboren, ist schon als Kind in den Brunnen gefallen. Während ihres Kunststudiums versuchte sie, die Liebe zu spiegelnden Oberflächen zu sublimieren – vergeblich. So begann sie zu schreiben. Seither betätigt sie sich als Dramatikerin, Autorin und Übersetzerin. Die Rechte für ihre Theaterstücke liegen beim Drei Masken Verlag; im Carl Hanser Verlag ist 2007 *Diskrete Momente* erschienen.
Mehr unter www.sigridbehrens.de

Jan Bauer
ist ein Getriebener. Schon früh auf die schiefe Bahn geraten, verbrachte er etliche Jahre als Armgartsträfling in Hamburg, wurde zwischenzeitlich in die abgelegenen Strafkolonien von Terra Australis überführt, bevor ihm schließlich die Flucht gelang und er Unterschlupf in den Produktionskellern der Trickfilmindustrie fand. Als angeblich freier Illustrator und Autor fristet er dort bei karger Kost ein menschenunwürdiges Dasein. Jan Bauer ist vom Leben gezeichnet und umgekehrt: Heimlich entwirft und verwirft er Welten, ersinnt Wesen, erweckt sie mit der dunklen Kunst der Animation zum Leben und freut sich, wenn sie sich so hoffnungslos in fesselnden Handlungssträngen verstricken, wie auch er selbst den Fesseln seines Größenwahns verfallen ist.
Mehr unter: http://derweltenbauer.blogspot.de

Tamara Bach,
geboren 1976, ist auf dem Land (Hessen, Rheinland-Pfalz) aufgewachsen. Seit 1997 allerdings in Berlin beheimatet. Sie hat Englisch und Deutsch auf Lehramt an der FU Berlin (fertig) studiert, ist dann aber doch nicht Lehrerin geworden. Stattdessen schreibt (Jugendbücher) und liest Tamara Bach und macht außerdem verdammt gute Buletten.

Katinka Reetz,
1972 geboren in der Stadt, deren Existenz nach wie vor infrage gestellt wird, nahm sie sich zunächst als Bühnenbildnerin der szenischen Gestaltung literarischer Texte an. Schon bald führte sie jedoch die alte Kunst der Buchillustration in Versuchung und sie tauschte den Trubel des Theaters immer öfter mit der stillen Abgeschiedenheit ihres Ateliers, um fortan dem Wesen der Texte nachzuspüren und ihrer Schönheit ein Gesicht zu verleihen.

Noëmi Aubépine
erblickte durch eine Laune des Schicksals in der Brüder-Grimm-Stadt das Licht der Welt, wo sie die ersten wichtigen Jahre ihres Lebens verbrachte. In der Folge verschlug es sie nicht nur die Märchenstraße entlang, sondern auch als Journalistin, Stipendiatin, Ausreißerin und Autorin in diverse Länder. Unter verschiedenen Pseudonymen hat sie inzwischen mehr Drehbücher, Romane und Artikel verfasst, als ihr letzter Computer behalten wollte, und ist noch immer auf der Suche nach der Bedeutung jenes eingestickten Satzes auf dem Babydeckchen, in dem sie gefunden wurde: *Des Fleischers Dutzend, des Bäckers Glück, Verfolgung trutzend, schau vorwärts und niemals zurück (übersetzt).*
Mehr unter info@das-wilde-dutzend.de

Antje Drescher
wurde 1972 in Rostock geboren, verließ im Kindesalter mit ihrer Familie die DDR und zog ins Weserbergland, nahe den Schlössern und Burgen aus den Texten der Grimms. Auf der Märchenstraße führte ihr Weg sie weiter bis nach Saudi-Arabien und wieder zurück. Schließlich landete sie im hanseatischen Norden. In Hamburg studierte sie an der FH Illustration bei R. Stoye und A. Feuchtenberger, war Stipendiatin und Assistentin bei der Sommerakademie Pentiment und arbeitet jetzt im Kinder- und Jugendbuchbereich. Sie war bei diversen Gruppenausstellungen vertreten, unter anderem bei der Ausstellung *Illustrare Andersen* der Kinderbuchmesse Bologna. Werke: *Was soll ich da erst sagen?*, Text: M. Baltscheit, Bajazzo; *Schluri Schlampowski und die Spielzeugbande*, Text: B. Endres, Tulipan. **Mehr unter: www.antje-drescher.de** und **www.gui-gui.net**

Veronika Peters
1966 in Gießen geboren, verbrachte ihre Kindheit in Deutschland und Afrika, arbeitete in einem psychiatrischen Jugendheim, bis sie 1987 für zwölf Jahre aus dem sogenannten bürgerlichen Leben aus- und in ein Benediktinerinnenkloster eintrat. Heute lebt sie als freie Autorin mit ihrer Familie und drei Nachkommen der Bremer Stadtmusikanten in Berlin. 2011 ist ihr drittes Buch erschienen, der

Roman *Das Meer in Gold und Grau*, in dem die Märchen der Brüder Grimm keine unwesentliche Rolle spielen. Ob sie als ehemalige Trägerin monarchisch-monastischer Geheimnisse Zugang zu den Vatikanischen Geheimarchiven hatte, konnte nicht eindeutig bewiesen werden, aber dass ihre Katze als Fliegentöterin bereits äußerst erfolgreich war, ist vielfach beglaubigt.

Matthias Beckmann,
der der Legende nach 1965 in Arnsberg geboren wurde, ist vielen besser bekannt als Carl Weissenhofer. Der namenlose Knabe, den man in einem Weidenkorb fand, wurde von der Familie Weissenhofer wie ein eigener Sohn aufgenommen und Karl (englisch: Carl) getauft. Mit seinen Brüdern Bob (Uwe Schäfer) und Keith (Jörg Mandernach) trug er schon früh durch Löffelschnitzen und das Bemalen kleiner Holztafeln mit alpinen Motiven zum kargen Unterhalt der Familie bei. Als der im Wallis gelegene Weissenhof aus ungeklärter Ursache abbrannte, wanderten die Weissenhofers nach Amerika aus, bauten ihre Ranch auf, entwickelten die Hausmusik weiter zum Rock'n' Roll und kehrten als angesehene Künstlergruppe heim in die Alte Welt. Carl Weissenhofer alias Matthias Beckmann ist ein begeisterter Zeichner und genauer Beobachter.
Mehr unter: www.matthiasbeckmann.com
und **und www.weissenhofer.de**

Anonymus,
immer wieder in den Archiven des wilden Dutzends vertreten, dürften unter diesem Pseudonym eine ganze Reihe Autoren unterschiedlichster Jahrhunderte geschrieben haben. **Mehr unter: info@das-wilde-dutzend.de**

René Cadena Ayala im Kurzinterview:
Hr. Jamuri, woher stammen Sie?
Aus der Nähe einer alten und 4000 Meter hoch liegenden Kultur.
Ah ja. Und wo ist das?
Tiahuanaco.
Diese Ruine in Peru?
Nein. Ein Raumkontrollzentrum von Aliens in Bolivien. Lesen Sie Erich von Däniken!
Ist das nicht 3500 Jahre her?
Wieso? Ich bin doch hier.
Aber das ist doch kein Werk von Aliens, oder?
Wie soll es denn sonst gehen, dass ein Aymara vom Titicacasee plötzlich ein Studium in Europa bekommt und an den Ufern der Spree landet?

Sie meinen, Ihre Anwesenheit in Berlin gleicht einem Wunder?
Nein, nein, kein Wunder – es ist ein Märchen. In dem Land hinter den sieben Bergen wurde einer der Zwerge von einem Erdrutsch erwischt und ist dadurch in eine andere Welt verschoben, oder besser: in ihr wiedergeboren worden.
Das erklärt alles! Vielen Dank für das aufschlussreiche Gespräch.

Claudia Jürgens,
anno 1971, hat Wurzeln in der Welt der ostfriesischen Häupt- und Sonderlinge, wuchs mit den schwarzen Schafen am Niederrhein auf, studierte Germanistik, Philosophie und Russisch in Marburg, der Stadt der heiligen Elisabeth, und arbeitete in Störtebekers Hamburg elf Jahre im Arche Verlag. Nachdem sie in Köln Zeugin der Nubbelverbrennung geworden war, machte sie sich 2008 in Berlin, Hauptstadt der Geheimlogen, selbstständig als freie Lektorin und Korrektorin. Seither sucht sie für Verlage wie mare, be.bra, Kiepenheuer & Witsch, Fischer, Suhrkamp und Random House nach Erbsen unter der Matratze und wirft für L-MAG, die Frankfurter Allgemeine Sonntagszeitung und das internationale literaturfestival berlin die Schlechten ins Kröpfchen. Die Guten landen unter **www.wortbuero.com**

Martha Friedrich
ist eine in Berlin lebende Illustratorin und Interface Designerin und arbeitet aktuell als Lead Artist für das Unternehmen Zombiefood GmbH am 3-D-Browsergame „Iron Dawn". Während eines vierjährigen Auslandsaufenthaltes in Bournemouth, Großbritannien, wurde sie am Arts Institute at Bournemouth zum Bachelor of Arts in 2-D-Animation gekürt, legte einen Master of Arts in Digital Media, Spezialisierung Interface Design und Konzeption für digitale Applikationen, im schönen Bremen drauf und ist seitdem in diversen Dimensionen (2, 3, 4 oder 5) für die unterschiedlichsten ganz offiziellen, aber auch geheimnisvollen Auftraggeber unterwegs. Wie in dem vorliegenden Fall, in den sonst so hermetisch abgeriegelten Logen-Archiven des wilden Dutzends, wo sie unter anderem sich bei Berührung selbst entzündende Originale unter die Lupe nahm, um deren Look möglichst authentisch wie gefahrlos zu übertragen.

Vivien Eberhardt
ist in Berlin geboren und aufgewachsen. Schon in jungen Jahren faszinierten sie neben Alfred Hitchcocks „Drei Fragezeichen" vor allem Bleistift und Papier. Aber wie das Schicksal so spielt und über die Jahre eins zum anderen kam, hängte sie ihren Berufswunsch der Detektivin an den Nagel und wandte sich mehr und mehr ebendiesem zweiten Hobby zu. So kam es, dass sie zur Grafikerin wur-

de. Und wer weiß, vielleicht ist es ja genau ebendieses Lösen von Gestaltungsfragen – stets überwacht von treuen Hundeaugen –, das dann am Ende doch Peter Shaw mit Vorbildern wie Max Ernst, Runge oder Tim Burton vereint. So entspringen seither unzählige Fantasiegestalten aus filigranen Collagen und schwarzer Tinte, von deren mysteriöser Beschaffenheit nicht nur die Grimms wussten, sondern bereits einige Jahre früher das wilde Dutzend.

Der Verlag Das wilde Dutzend

Es waren einmal, so besagt die Legende, 13 sehr unterschiedliche Menschen, die dieselbe Gesinnung: teilten: dort einzuhaken, wo sich die Wahrheit im Schweigen und hinter Schleiern verbirgt. Zunächst als freier Zusammenschluss fielen sie jedoch bald unliebsam auf: Wer Könige und Fürsten der Lüge (oder gar eines Verbrechens) bezichtigt, lebt gefährlich. So entstand eine Jahrhunderte lang im Geheimen forschende Gesellschaft für Kunst und Literatur, die im Jahr 2010 entschloss, ihrer interessierten und scharfsinnigen Leserschaft Rechnung zu tragen und sowohl schrittweise ihre Archive zu öffnen, als auch einen Verlag zu gründen. Um dabei weiterhin ihr Inkognito zu wahren, wurde passende Verstärkung gesucht und schließlich bei einem Berliner Wettbewerb für junge Gründerinnen gefunden (der Rest – ist Geschichte).
Mehr unter: www.das-wilde-dutzend.de

Simone Veenstra,

Geschäftsführerin des mysteriösen Dutzends, von Haus aus Journalistin und Autorin für diverse Medien, liebt Geheimnisse, Geschichten, Bücher, Comics, Tamara Bachs Buletten und den Geruch von allem fünf. Kein Wunder also, dass sie viel Zeit in einem Hinterzimmer des Logenladens verbringt und nur zu gerne als Herausgeberin die wahren Geschichten hinter den Kinder- und Hausmärchen der Brüder Grimm betreute.

Dorothea Martin

Spiel und Improvisation sollten es beruflich werden – und das seit den abendlichen Geschichtsstunden mit den Eltern. Nun hangelt sie sich mit imaginären Freunden und dem wilden, unbekannten Dutzend entlang der Grenze von Dichtung und Wahrheit.

The Secret Grimm Files - Bibliografie

1) BLAHA-PEILLEX, Nathalie: *Mütter und Anti-Mütter in den Märchen der Gebrüder Grimm.* Tübingen: Tübinger Vereinigung für Volkskunde e.V., 2008.

2) BRUNNER, Horst: *Geschichte der deutschen Literatur des Mittelalters und der Frühen Neuzeit im Überblick.* Erw. u. ergänzte Neufassung. Stuttgart: Reclam, 1997.

3) DIEDERICHS, Ulf: *Who's Who im Märchen.* 2. Aufl., München: dtv, 1996.

4) GRIMM, Brüder: *Kinder- und Hausmärchen - Ausgabe letzter Hand mit den Originalanmerkungen der Brüder Grimm. Anhang und Herkunftsnachweise von Heinz Rölleke.* Bd.1-3. Stuttgart: Reclam, 1980, 2010.

5) GRIMM, Brüder: *Kinder- und Hausmärchen gesammelt durch die Brüder Grimm - Vollständige Ausgabe auf der Grundlage der dritten Auflage [1837].* Hg. Heinz Rölleke. Frankfurt am Main/Leipzig: Insel, 2004.

6) GRIMM, Brüder: *Die Kinder- und Hausmärchen - Die handschriftliche Urfassung von 1810.* Hg. Von Heinz Rölleke. Stuttgart: Reclam, 2007.

7) GRIMM, Jacob: *Deutsche Mythologie.* Göttingen: Dieterich,1835.

8) HINZE Christa; DIEDERICHS, Ulf: F*ränkische Sagen.* Bechtermünz Verlag: München, 1998.

9) MARTUS, Steffen: *Die Brüder Grimm - Eine Biographie.* 2. Aufl. Berlin: Rowohlt, 2010.

10) OELZE, Ruth: *Und wenn sie nicht gestorben sind... - Anekdoten über die Gebrüder Grimm.* Berlin: Eulenspiegel, 2009.

11) PERRAULT, Charles: *The Complete Fairy Tales. A new translation by Christopher Betts.* New York: Oxford University Press, 2009.

12) RÖLLEKE, Heinz (Hg.): *Die wahren Märchen der Brüder Grimm.* 6.Aufl. Frankfurt am Main: Fischer, 1996.

13) RÖLLEKE, Heinz (Hg): *Kinder- und Hausmärchen gesammelt durch die Brüder Grimm,* Vollständige Ausgabe auf der Grundlage der dritten Auflage [1837], (inklusive der neuen Texte der 4. – 7. Auflage) , Frankfurt a.M.: Insel Verlag, 2004

13) RÖLLEKE, Heinz; SCHINDEHÜTTE, Albert (Hg.): *Es war einmal - Die wahren Märchen der Brüder Grimm und wer sie ihnen erzählte.* Frankfurt am Main: Eichborn, 2011.

14) SCHERF, Walter: *Lexikon der Zaubermärchen.* Stuttgart: Alfred Kröner Verlag, 1982.

15) SUHR, Dierk: *Die Alchemisten - Goldmacher, Heiler, Philosophen.* Ostfildern: Thorbecke, 2006.

16) WOELLER, Waltraud; WOELLER, Matthias: *Es war einmal ... - Illustrierte Geschichte des Märchens.* Leipzig: Edition Leipzig, 1990.

Weitere Lesetipps der Loge unter www.das-wilde-dutzend.de